전태일열사 30주기 기념시집

너는 나의 나다

전태일열사 30주기 추모사업위원회
전국노동자문학회 편

갈무리

2000

전태일 열사와 그의 소중했던 친구들에게 바침.

내 죽음을 헛되이 말라

'전태일'

전후, 남한 근대사를 통틀어 이 세 글자만큼 수많은 이들의 가슴에 벅찬 감동과 뜨거운 변환을 가져다준 낱말이 있었을까. 그 이름은 어느덧 한 이를 부르는 호칭을 넘어서서 우리 사회가 평화롭고 존엄한 어떤 세계로 이행해 가기 위해서는 피해 갈 수 없이 넘어서야 할 어떤 지평을 가르키는 기준선처럼 여겨지고 있다.

1970년 11월 13일.

한 젊은 노동자가 자신의 몸에 불을 지르곤 죽어 갔다. 그는 살아 보잘 것 없는 평화시장의 어린 '공원'에 불과했

다. 기억이라곤 열 여섯에 벌써 막내동생을 업고 무작정 상
경한 어미를 찾아 '엄마 찾아 삼만리'를 해야 했던 핍진한
가난의 질곡과 껌팔이와 신문팔이와, 구두닦이와 우산장사
등으로 떠돌아야만 했던 비참과 굴욕의 기억뿐인, 그야말로
'하빠리 기레빠시 인생'에 다름 아니었다. 하지만 그는 자신
에게 주어진 이 비참의 세계를 넘어 생의 경이로움과 환희
에 진실을 통해 최대한 가까이 다가가려 했던 위대한 인간
정신을 문득, 구현하고 말았다.

"어떠한 인간적 문제이든 외면할 수 없는 것이 인간이 가
져야 할 인간적 문제이다. 한 인간이 인간으로써의 인간적인
모든 것을 박탈당하고, 박탈하고 있는 이 무시무시한 세대
(시대)에서 나는 절대로 어떠한 불의와도 타협하지 않을 것
이며 동시에 어떠한 불의도 묵과하지 않고 주목하고 시정하
려고 노력할 것이다"
—69년 가을 소설형식을 빌어 적어놓은 어린시절
회상수기 중 마지막 부분에서

아는 바대로 하나의 전태일은 죽어 수많은 전태일을 나았
다. 지난 30년동안 그들은, 전태일이 '힘에 겨워 힘에 겨워
굴리다 다 못 굴린 덩이를' 옮기고 굴리는 '친구'가 되는 일
에 최선을 다했다. 그들 중 일부는 80년 광주에서 무고하게

학살당하기도 했고, 감옥에서, 거리에서, 학교에서, 공장에서, 인적 드문 야산에서, 철거를 기다리는 산동네에서, 최전방에서, 그리고 마지막 생계수단인 노점리어카를 붙잡은 채 이 세계로부터 추방당해야 하기도 했다. 똥물을 뒤집어쓰기도 했고, 옷이 벗겨지기도 했다. 난지도에 버려지기도 했고, 더 이상 후퇴할 길이 없는 건물 옥상이거나 수십 미터 굴뚝이나 타워크레인 위로 몰리기도 했다. 때론 한없이 자신을 자책해야 하기도 했다.

하지만 수많은 전태일들은 이에 굴하지 않았다. 어떤 이는 기계를 멈추고 포크레인을 몰고 나왔고, 어떤 이는 펜을 들고 나왔다. 어떤 이는 방송을 정지시키면서 나왔고, 어떤 이는 학교를 박차고 나왔다. 어떤 이는 정보부에 숨겨진 파일과 양심을 들고 나왔고, 어떤 이들은 가식의 넥타이를 풀고 나왔다. 나와서 그들은 함께 어깨 걸고 군부독재의 벽을 무너뜨리고, 분단이데올로기의 벽을 무너뜨리고, 억압과 착취, 불평등의 벽을 요소요소에서 무너뜨렸다. 끝없이 인간정신을 비참의 지경으로 내모는 모든 비인간적인 권력과 시장의 논리에 맞서 싸워 이겼다.

…… 역사는 어느덧 흘러 이제 전태일은 어린 학생들의 방학숙제가 되기도 하고, 개봉관의 영화가 되기도 하고, 하

나의 교양이 되기도 했다. 국민의 정부에 의해 '민주화 유공자'가 되기도 하고, 그가 죽어간 청계천엔 표비석을 세우려는 일도 진행중이다. 그의 소망이었던 주 8시간 근무제를 넘어 주 40시간 근로, 주 5일 근무제가 노사정위원회에서 통과되기도 했고, 더 이상 스스로를 '바보회'라 칭하지 않아도 될만큼 노동자들은 자기 조직들을 투쟁을 통해 성숙시켜왔다. 지배이데올로기의 첨병이었던 분단선도 머잖아 뚫릴 수 있으리란 희망도 생겨났다.

그런데도 전태일의 30주기를 맞는 우리의 마음이 마냥 흔쾌하지만은 않는 것은 왜일까? 다시 한 번 뒤를 돌아보자. 온갖 지표와 풍요의 약속 속에서, 우리의 삶은 과연 인간다운 삶에 얼마나 가까워졌는가? 전태일은 "어머니 …… 배가 …… 고파요"라는 마지막 말을 남기고 떠나갔지만 그가 꿈꾸었던 세상은 포만으로 부른 배가 가슴과 뇌까지를 마비시키는 지경으로까지 가는 그런 세상은 아니었을 것이다. 더더욱 자신의 가느다란 밥줄이 지켜지기 위해 누군가는 '쓰레기인생'이 되어 추방당하는 것을 눈감고 봐야 하는 세상은 아니었을 것이다.

많은 발전과 개선 이후에도 우리가 넘어서야 할 벽들은 여전히 강고하다는 것이 우리의 생각이다. 총칼을 앞세운 식민화가 아닌 물질과 자본을 앞세운 신식민화가 전세계에 걸쳐 진행 중이고, 여전히 차별과 착취와 그를 보좌하는 폭력과 야만은 제1세계와 제3세계 사이에 온존하고, 지역간에 온존하고, 인종간에 종족간에 온존하고, 학벌 사이에 온존하고, 성의 다름 사이에 온존하고, 부의 크기 사이에 온존하고, 원주민과 이민노동자 사이에 온존하고, 기억 속에 온존하고, 오래된 언어 속에 전통과 교양의 이름으로 온존하고, 차이를 차별로 전화하는 가운데 온존하고 있다. 더 부드럽고 감미로운 형태로 노동조합 사이에도 온존한다. 우리 모두가 공범이라는 그럴듯한 회유와 떡고물의 유혹 속에 폭넓은 전선을 넓히며 온존하고, 이 정도면, 이라는 우리 마음 속 나태와 타협 속에 온존한다.

30주기를 맞아 그러한 우리의 성과와 현재를 냉엄하게 돌아보기 위해 이 시집을 준비했다. 준비에 힘쓴 전국노동자문학회 일꾼들과 이에 공명하여 동조해준 여러 시인들, 그리고 흔쾌히 출판을 맞아 준 갈무리에 지면을 통해서나마 감사의 인사를 드린다.

전태일의 정신은 다름 아닌 '너는 나의 나다'라는 전일한 인간정신의 불같은 실천에 있었다. 그 정신으로 이제 다시 '다 못 굴린 덩이를' 밀고 자신이 선 곳곳에서 우리 사회의 노역 같은 삶을 종식하자. '역사의 기관차에 유임승차하자.'

전태일, 그의 삶은 결코 헛되지 않았고, 우리의 삶 역시 결코 헛되지 않을 것이다.

2000년 11월 1일
전태일열사 30주기 추모사업위원회
전국노동자문학회 편집위원회 드림

차 례

서문

제1부
일터에서

제2부
삶터에서

제3부
꿈과 투쟁

제1부
일터에서

그 날이 오면

노동자에게
그 날이 오면
노동자도 공무원처럼
생계에 어려움 받지 않고
빨랑 퇴근해 쉬는
그런 날이 오면

잔업 특근 안 한다고
눈치 안 보는
아이에겐 백점짜리 아빠되고
아내에겐 사랑스런 남편되는
그 날이 왔으면

노동자라고
막노동꾼이라고
선을 봐도 배우지 못함을
어여삐 웃는 아가씨에게
무시당하지 않는
그 날이 오면
춤을 추겠다 아니
죽어도 소원이 없겠다

톱질

무거운 어둠에도 잠들지 않는가
앞쪽 뒤쪽 수백 번
예리하게 톱날을 세우는 친구여
목재를 자를 때는
쓰임새를 확인하고
수없이 잘려 부서지는 저 하얀 아픔으로
톱날을 정확히 세워야 한다.
1도가 빗나갈 때 찢기는
수천 속살의 파편
쓸모 없이 버려지는 목재들
도중에 바로잡는 톱은 휘거나 부러질 뿐
먹줄을 놓아도
수평을 보아도
톱날은 도중에 잡히지 않는다.
하나의 구조물을 맞추기 위해
빛이 스러지고 작업복이 젖도록
끝까지 버리지 않고 다시 자를 때면 친구여
뒤집어서 각도를 맞추어라
어설픈 고집은
어설픈 싸움은
노동의 목적이 되지 않는다.
숟가락을 부러뜨릴 뿐이다.

남아 있는 자

열다섯 살부터 미싱을 밟아
미싱에 앉았다 하면 손에 날개가 달리던 여자는
샘플만 보면 한나절도 안 되어 완성품을 내놓던 여자는
쌍둥이 동생과 십오 년 동안 모은 든
상가분양에 속아 다 털린 여자는
그 돈 받으려 사기친 남자의 동생에게 시집간 여자는
미싱판에 배가 닿도록 미싱을 밟다
그 길로 아이를 낳은 여자는
십년 만에 찾아간 신현동 반지하 계단
아직 시집 안 간 쌍둥이 동생과
딸딸이 소리로 반기는 여자는
아기 손바닥만한 비조*를 줄줄이 매달고
미싱판에서 일어나는 여자는
쪽가위 들고 종이 오리듯 똑똑 실밥을 끊는 아이의
엄마가 된 여자는 솜뭉치 속에 자고 있는
또 한 아이의 엄마가 된 여자는
평생 딸딸이만 밟으라는 욕만 들으면
머리끄댕이를 놓지 않던 그 여자는
아직도 그 자리에

---

* 옷에 다는 부속 중의 하나

족보

아버지 철근쟁이
할아버지 토수쟁이
증조할아버지 석수쟁이
고조할아버지
머슴이셨다

성난 부레기 코뚜레 부러져
온 동네 휘젖고 사람까지 상해도
맞서는 이 없을 때
간짓대 끝 헌 낫 묶어
소 코 꿰어 잡았다는 이야기 전해오더라

머슴의 아비는 머슴이었으니
거슬러 올라가면 돌쇠도 있으리라
삼돌이 개똥인들 없겠느냐
더러는 허물어진 양반네도 있다더라만
아서라 때묻을라

죽창 꼬나들고 산천 누벼
오랑캐 왜적들 쳐부수기도 했으리
들녘 어느 논두렁

또는 밭고랑에 쓰러져
돌아오지 못한 어른인들 없겠느냐

몇대조는 판서 몇대조는 정승
몇대조는 부원군
종이에 새기고 돌에 새긴 이름들
부러워 말아라 알고 보면
언제나 비겁하게 뒷전에서 맴돌았으니

쇠붙이에 새겨도
저 족보 끝내 삭아 지워지겠지만
니 핏줄에 새겨져
세상 끝까지 지워지지 않을 니 가계는
일꾼의 집안

창용이 그리고 둘이서 호프

십일년 된 단골이 있다

아르바이트 아가씨가 몇 명 바뀌었는지
썬팅된 유리문이 몇 번 박살났는지 두루 꿰고 있는
내 친구 창용이는 둘이서 호프의 산증인이다
열일곱에 처음 술을 배운 곳도 둘이서 호프이다
공장에서 일을 마치면 일과처럼
둘이서 호프 앞자리에 앉아서는
바싹 마른 오징어다리처럼 질긴 하루를 씹고
유일한 가능성은 무모함 속에 숨어있다고
둘이서 호프에서 주정부리는 치들에게
겁없이 주먹을 휘둘렀다
나이를 앞세운 아집이 때론 덩치를 밑천 삼은 허풍이
보기좋게 둘이서 호프 바닥에 처박히곤 했다
그 바닥을 경험하고서야 그들은 사이좋은 술친구로 지냈다

주위가 공장지대여서 밤이면 유난히 밝아 보이는
둘이서 호프에서 창용이는 몇 번 풋사랑을 품기도 한 모양인데
내가 다리 걸어 자빠뜨린 지지배가 한둘인 줄 알아! 큰소리
치고는
　- 꺼억, 하는 트림소리가 유난히 심란스럽게 느껴졌다

인연이 죄일 뿐, 땅콩이 이빨에 씹힌다해서
항변할 기회가 주어지나, 농담처럼 술을 들이키고
창용이는 외상장부에 사인을 한다
주인은 그에게 채근하지 않는다
술값 떼먹고 사라진 얼굴이 더러 있지만
영리한 주인은 창용이가 늘 그렇듯 내일도
일찌감치 찾아와 앞자리에 앉을 것을 알고 있다
배운 것이라곤 쇠깎는 일밖에 모른다고 입버릇처럼 주절거
리는
그의 멍에를……

덧붙이면
주인이 자주 술병의 수를 늘려 적는 것을 뻔히 알면서
창용이는 보란 듯이 삼백만원 외상을 한번에 지불한 적도 있다
나는 둘이서 호프에서 창용이를 만나면
이곳의 주인은 창용이고 이곳은 그의 세계라는 생각이 든다

퇴근 길

양종벌 한겨울 바람은
시베리아 칼바람
핼쑥하고 거친 늙은 노동자 볼때기
사정없이 베고
어둠 속으로 도망간다

힘든 노동에 지친 눈망울
얼어붙었나 싶어 꿈벅이며
집으로 가는 버스 기다리는데
시내 버스는 아니 오고
텅 빈 좌석버스만 자꾸 지나간다

추위에 꼬부라진 손 억지로 꺼내
애꿎은 담배만 피워 물지만
담배 불빛마저 희미하게 얼어붙어
따뜻한 아랫목 더 그립다

푸른 철도원

올라가는 열차 내려가는 열차 수시로 치한처럼 덤벼드는 선로변 모퉁이 녹슨 배수관 아래에는 허드렛물 연신 새어드는 작은 옹달샘 하나 있습니다

무더운 여름날, 선로변 옹달샘에는 연푸른 하늘과 흰뿌리 알몸인 물풀들 그리고 여름철새처럼 기척 없이 들른 푸른 작업복의 사내 하나 있습니다

기름냄새 땀냄새 폴폴 풍기며 사내는 엎드려 마른 입술 축이기도 하고 거울처럼 맑아 보이는 수면을 향해 탄가루 묻어 거뭇거뭇한 자신의 얼굴 한참 동안 비춰보기도 합니다

한낮을 가르며 치한처럼 덤벼들었다 멀어져 가는 열차의 기적소리에 놀라 동그란 하늘이 흔들리고 물풀들이 흔들리고 사내의 얼굴도 따라 흔들립니다

몸서리치듯 흩어졌다 다시 모이는 샘물 한움큼 손우물에 담아 사내는 이마를 적시며 돋아나 가실 줄 모르는 기름기 배인 땀방울들 천천히 닦아냅니다

무더운 여름날의 선로변 옹달샘에는 쌀알 같은 풀꽃들 모아

쥐고 연신 흔들리는 물풀들과 함께 오래된 연인처럼 기차를 기
다리는 푸른 작업복의 사내 하나 있습니다

미싱 밟는 아버지

몇 해 전 여름
오늘처럼 뜨거운 햇빛 내리쬐던 날
서쪽으로 난 작은 문 붉은 빛으로 물든 가게
온통 뜨거운 햇살 받고 미싱 밟는 아버지
붉은 빛 때문에
두 평도 안 되는 가게, 초라한 어깨 때문에
사랑할 수 없었지

남들 다 떼돈 벌려고 애쓰는데
맨날 똑같이 집 한 칸 없이 고생하는 거
다 저 인간 때문이라는 엄마 욕 때문에
아버지 사랑할 수 없었지

몇 년이 지나 오늘 똑같이 햇빛 내리쬐고
아버지 미싱 밟고
엄마 욕 더 늘었지만
나는 이제 미워할 수 없네
당신은
세상에서 가장 순수한 노동자라는 걸
알았으니까

복사꽃

열두 시간 맞교대에
기계처럼 돌던 청춘

초여름의 무더위엔
철야가 제격이라

깊고 깊은 칠흙 어둠
토끼잠 만한 휴식시간
공장뜰 앞 가로등 아래
허드러진 복사꽃에
깊은 망상 빠져든다

겨운 노동 힘에 부쳐
어느새 만개한 복사꽃마냥
희뿌연 눈물꽃 피어올라
고요한 공단거리
활짝 핀 공단거리

거미

느슨하게 집을 짓던 거미
분꽃 줄기 타고 맴맴 돌더니
빨래줄 청바지도 꿰고 수건도 꿰더니
시멘트 더덕더덕 붙은
아버지 작업복에 가 닿아
'툭'

"아빠"
"응"
"기분이 안 좋아 보여요"
 "조금 그러네……"
"왜요?"
"소장이 오늘 나이 든 사람이 일하러 왔다고 돌려보내더구
나."

가시방석

1

그래 사람은 좋아 보이더라……
끝내 말을 잇지 못하고
참았던 눈물 흘리더라
한 평생 고생바가지 뒤집어쓸 생각에,
당신 앞에
나는 할말이 없습니다.

2

변두리 회집에서 인사 차 만난
언니와 형부 앞에서
술값이라도 내려고 들고 나간 5만원이
실은
해고자로 쓸 수 있는 한달 생활비의
전부라 말하지 못하고,
직업이 뭐냐는 말에 어정쩡하게
회사 다닌다 말한 그 자리

5년간
연애하면서 당신에게
당당한 노동자로 살겠다는 신념을

말할 수 없었던 그 자리가
서글펐습니다
차라리
당신 하나 책임질 자신 있는
분명한 노동자라 이야기할 걸
한 세월 살아갈 노동자라 이야기할 걸
후회만 쌓이던 그 자리
가시방석이었습니다

안경알을 닦다가

제일 참지 못했다.
세상이 흐릿하게 보이면
만사 제쳐두고 안경알부터 닦았다.
특히 스포트용접불똥이 튀어 박힌
안경알을 닦다보면
맑게 투영된 세상을 보고 싶다는
간절한 외침을 들을 수 있다.
끊임없이 배출되는 인간의 찌꺼기가 묻어
도처에서 쏟아져 나오는 자본의 쓰레기가 묻어
스포터와 뒤엉켜져 흐릿해진
안경알을 닦다보면
절절한 선동을 들을 수 있다.
세상을 바꿔보라는

슬픈 밥상

육십 넘은 어머니는
주야 넘는 어머니는
주야 맞교대 섬유공장에 다니신다
하루도 손에 약을 놓지 못하시는
어머니가 나는 늘 걱정이다

서른 넘은 나는
주야 브레이크 공장에 다닌다
잔업, 특근을 해도 백 만원이 되지 않는 월급으로
네 가족이 먹고살기엔 언제나 허기져
그런 나를 어머니는 늘 안쓰러워 하신다

어머니는 불법적인 이교대가 없어지고
머지않아 삼교대가 이루어질 것이라는
소문에, 적어질 월급 걱정이고
나는 주 사십 시간 쟁취를 포함한
오월 총파업에
부끄럼 없이 싸울 수 있을까 걱정이다

내겐 언제나 눈물 같은
어머니를 위해 투사의 길을 가고자 했고

어머니는 그 눈물로써 나를 말리셨다
공장에 다니는 어머니와 나는 아무 것도
일치되는 게 없다
가끔씩, 손주들과 함께 한 저녁 밥상에서
젖은 눈으로 밥알을 씹으며
서로를 위로할 뿐이다.

새해 소망

용산에 있는 무료급식소가 없어졌으면
지하철에서 한뎃잠 자는 사람들이 없어졌으면
실직자를 위한 공공 근로가 없어졌으면

일간지 얼굴에 시퍼런 경제회생보다
일자리 나누기가 크게 실렸으면
시뻘건 구조조정이 노동자 내몰지 말고
쫓겨난 사람 일터로 돌려보냈으면

젊음을 고스란히 작업장에 바친 사람들이
정리해고를 유산으로 물려받지 않았으면

오천이백구십원

자갈밭을 개발에 땀나도록 뛰어다녀
기껏
구차한 살림 빵꾸 때우는데 쓰이기보다는
철도노조 간부들에 빌붙어
호반단란주점 미스 김 젖가슴에 안기거나
높은 사람들 장도길에 스리슬쩍 건네지는
너는
땀내나는 내 주머니에서
유일하게 정승처럼 산다
때론 손해배상청구소송 인지가 되어
노조민주화 투쟁에 앞장선
동료 등에 비수로 꽂히는
내 조합비 오천이백구십원

뜬눈으로 밤을 지새본 사람은

뜬눈으로 밤을 지새본 사람은
어둠의 속을 볼 줄 안다
아직 떨구지 못한
이파리의 쓸쓸함으로
어둠속에 늘어선 가로수를 볼 줄 안다
그리고
그 숫자만큼이나 텅 비어버린
작업장을 떠올릴 줄 안다

시린 겨울밤
얼어붙은 밤을 지새본 사람은
막막한 어둠의 길이를 안다
낡은 샤링기 덜커덩거리던 작업장을 떠난
동료의 체온과 한없는 그리움을 안다
그리고
다시 만날 날을 준비할 줄 안다

火印

애비 노릇 사내 노릇 한 번 못하고
실업자 운동, 날품팔이 개잡부로
늘 빙빙 겉돌기만 하다가

단 돈 몇 십만 원이라도
꼬박 꼬박 월급처럼 쥐어 주고 싶어
딸딸이 오토바이에 우유통 싣고
새벽 골목길 돌아다니다
아내가 마련해 준 밑천마저
홀라당 날리고

또 몇 달을 일자리 찾아
사천 원에 스무장 증명사진
이력서에 다 붙여도
오라는 곳 한 군데도 없다

십 년이 훌쩍 지나버린 지금도
불경스러운 노동자의 火印이 찍혔는가
쇠꼬챙이 시뻘겋게 달궈
도망간 노예의 생살을 태워
찍었다는 火印이

첨단 전산망에 입력된 바코드 번호로
주민등록번호 위에 아니면
손가락 끝 지문에 남았는가
숨기고 감추려했던 아픈 기억이
염색한 머리 밑 어디에
세월의 상처로 남았는가
자본에 저항하고 투쟁했던
불경스런 노동자로 찍혔는가

동생의 작업복을 빨다가

제대 후
6개월 여의 가슴 졸임 끝에 찾아온
복직 소식에
소풍 전날 아이마냥 좋아하던 동생아!

태어나 한번도 해 본적 없는
2교대하는 곳으로
부서가 정해졌다 했을 때
내심 걱정부터 앞서더구나
하지만 항상 호쾌한 너의 성격 덕에
요녀석이 그래도 잘 해내겠지……
하는 믿음도 가져보았단다

그런데 요 며칠 전부터
아침 퇴근길에 술을 두어 병 사들고 와서는
너무 힘들고 화가 나서
술이나 먹고 자야겠다고 하던 너……

화창한 일요일 오후
거실 한 켠 검정비닐에 꾸겨져 있는
너의 작업복을 펼쳐들고

와락 눈물이 쏟아질 뻔했단다

연하늘빛 고왔을 작업복에
너의 피곤함만큼이나
덕지덕지 묻어있는 씨꺼먼 기름때들……
너의 힘겨웠을 노동이,
야근 내내 너를 괴롭혔을 졸음이,
그만 생각나고 말았단다

아무리 비벼대고 주물러봐도
씨꺼먼 땟국물만 꾸역꾸역
작업복에 제 빛을 찾아주는 일을
결국 포기하고 말았구나

하지만, 동생아!
조금이라도 더 맑아졌을 작업복을 입고
다시 힘냈으면 싶다
그래서 너에게 자꾸만 달라붙는 자본의 찌꺼기들
깨끗이 빨아버릴
자랑찬 노동자로 살아가길 바래본다

그리움의 한자리

뼈다귀 해장국 집에서
한 솥에 삶아진
뼈와 살을 발라가며
빈속을 채워 본다.
뼈와 살이 갈라지면서
서로 부둥켜 얼싸 안으려는
아! 얼마나 뜨거운 몸부림인가?
뼈마디가 갈라지면서 허옇게 드러낸
그리움의 한자리
아! 얼마나 뜨거운 사랑인가?
그러나, 보아다오 철저하게 발려져
빈 그릇 수북히 쌓여진 뼈다귀
뻘건 깍두기 국물로도 보낼 수 없고
벌컥 들이키는 소주 한 잔으로도 보낼 수 없었던
아! 지금은 발려진 뼈처럼
내 안에서 펄펄 끓며 살아 움직이는
내 노동의 추억

소금꽃

어젯밤 술 한잔
취기가 채 가시기 전
맞이하는 아침

살을 태울 듯 찌는 더위
먼지로 희뿌여진 공장 안
몰려오는 졸음 한켠으로 건네진
사탕 하나
"잠이 깰거야"
하얀 이 드러내는 동료의 모습
지친 콘베어도 신음소리만
쉬는 시간
동료와 나눠 피는 담배 한 개피 속

아!
노동으로 뽀얗게 피어나는
하얀 소금꽃

제2부
삶터에서

사랑니 이야기

꽤 오래 전이었지
사랑니 잇몸 차고
쑥쑥 기어올라 입 속 한 구석
둥지 차고 있은 지는
허, 글쎄 이놈
있어도 그만 없어도 그만인
지 신세 아는 지
몇 년을 새색시마냥
소리없이 지내더니
맵싸히 불어 제끼는
바람 찬 겨울날에
온 입 속 휘젓네 그려
썩어 문드러질 테면
제 놈 혼자 썩어 잦아들 일이지
잇속 사이사이
시린 바람 밀어 넣고
고통의 홀씨 퍼뜨리네
사랑이라는
애틋하도록 달콤한
그 말에 속았던가
아, 애당초

뽑아 냈던들
온 입 속 망하는
눈물 사연 되지는 않았을 텐데

세금 통지서를 받고

종이 한 장 날아왔다
뭔가 보니 세금 명세표
한 해 동안 열심히 일하고
먹을 것 참고 옷 한 벌 사지 않고
아이에게 장난감 한번 못 사주고
전세값 때문에 주인과 씨름하며
내년엔 꼭 올려주겠다고 약속했건만
정말로 너무하구나
쥐꼬리 반도 안 되는 월급봉투를
이래 쪼개고 저래 찢어 보지만
남는 것은 몸 하나뿐이라니
아내에게 길거리표 옷 한 벌 못 사주는데
세금만큼은 꼬박꼬박
그것도 모자라
더 내어놓으라고 하네
도둑도 이러지 않을 텐데

공고장 하나로 월급에서 빼버리고
일 이십 만원이 아니라 한달치 월급이라니
믿을 수 없어
나아지는 게 세상 재미라는데

우째 힘들기만 할꼬
배아지 불러와 쑤셔 넣을 것이 없을 땐
또 뭐라 이름 붙여 가져갈는지

어머니

지난밤 내 혼곤한 머리맡에
백발이 성성한 그 분
내 어머니가 나를 깨우고 있었다

눈물 그렁그렁
곱다란 눈매로 내 가슴 쓸며
휘이휘이 바람되어 나를 부르고 있었다

일어나라고 어서 일어나라고

화들짝 놀라
어깨 위로 수북한 잠 털어내고
꺼칠한 손 마주 잡았을 때
어머니는 생전의 품속처럼 따스했다

지난밤 내 혼곤한 머리맡에
백발이 성성한 그 분
내 어머니가 나를 깨우고 있었다

눈물 그렁그렁
애처러운 얼굴로 손짓하고 있었다

손짓하고 있었다
그 곳 북쪽 어디메쯤
당신의 고향을

언제나
헛몸으로 다가드는 조선의 하늘
갈라진 가슴팍들 언저리마다
목 늘여 주저앉는 세월의 두께
내 어머니가 남기고 간 세월의 자리

어느덧 두 눈 시려와
종잇장 같은 그 가슴 꼭 껴안았을 때
어머니는 목각 인형처럼 차라리 서러웠다

겨울

올 겨울엔 유난히 눈이 많이 내렸습니다
밤새 눈이 내려
중앙공원이 온통 흰 눈으로 덮여 있습니다
서양의 어느 소설가는
사회나 인류의 역사를 고려하지 않고는
요리조차도 제대로 할 수 없을 거라고
말했지만
세상을 하나의 색깔로 희게 덮은 눈을 보며
역사의 종말을 상상하는 것은
지나치게 비역사적인 상상일까요

머리카락이 곱슬곱슬한 외국인 노동자들은
알아들을 수 없는 말들을
무슨 사과의 붉은 반점이거나
소나무 위에 행복하게 내려앉은
눈이라도 되는 양 쏟아놓으며
눈 위를 이리저리 뛰어다닙니다
나는 그 말들이
정말로 이른 아침 잠깬 아이가 처음으로
만들어 놓은 눈사람의 눈을 찌른
검은 눈이기를 바라며

여기저기 친구들에게 전화질을 해댔습니다

눈이 내렸어
밤새
어릴 때 눈을 먹으면 눈에서
부드러운 흙냄새가 났었는데……
눈을 먹는 나를 물끄러미 바라보며
나이든 고모님은 무슨 생각에 잠겼었을까

울지마
울면 언제나 넘치는 눈물의 바다
어느 순간 눈은 눈물처럼 넘쳐흘러
눈의 바다가 되고 나는 눈의 바다를
떠도는 섬이 되어 있었습니다
나는 오래 눈 위를 떠 다녔습니다

가리봉 오거리에서 생긴 일

아편 연기 같은 먹장구름이
가리봉 오거리의 아침을 누르고 있다
뒤이어 쏟아지는 장대비속에
한 남자가 출근길의 도로를 점거한 채
비틀거리는 걸음으로 곡예를 하고 있다
가리봉 오거리에만 있을 것 같은 출근길의 풍경에
중형 승용차들이 멈추어 서서 조소와 경멸을 토해낸다
그 남자가 어딘가를 향해 손끝을 까불거리자
두세 명의 동료들이
더욱 비틀거리는 모습으로 나타나
가리봉 오거리를 완전히 장악한다
그들은 화염병도, 쇠파이프도 없이 그들만의 해방구를 만들
어 놓았다
그들은 아마도 새벽마다 열리는 품팔이 시장에서
뽑히지 못했나보다
차들은 점점 불어만 가는데
그들의 곡예는 끝날 줄을 모르고
출근 시간에 쫓기는 공단의 일꾼들도
잠시 던져두었던 시선을 황망히 거두어
그들보다 더한 몸짓으로
매캐한 연기에 휩싸인 공단길로 사라져 간다

겨울일기

숭어떼가 빠져나가도록 무슨 생각들이 여물지 않아 뒷개 물양장에 다시 앉으면 금새 무슨 음색이 일렁일 것 같은 햇살이 좀 가늘다 싶은데 벌써 겨울이 온다. 하늘 끝이 멀어지고 시간 따위는 잊었다는 듯 닻끈도 없이 정주포 뻘밭에 박힌 폐선 밑으로 스멀스멀 기어드는 화랑게처럼 모여드는 환자들. 외병도 바깥을 돌아 섬둥이 물목에 줄줄이 늘어선 중선배. 새우등으로 허리굽은 아버지는 오늘도 막걸리 한 사발에 떠밀려 어머니와 싸우셨을까.

낙지구덩이 깊숙히 손을 뻗치듯 심층분석을 하면 멀리 인종의 낡은 문에 걸린 빗장을 애써 걸으려는 아버지와 들고 나는 물처럼 이제 때가 차 오른 시절 성정을 따른 어머니의 사소함이려니 하지만 파도로 다지고 다진 인내가 단지 각질처럼 벗겨나는 시간의 부유(浮遊)를 읽을 뿐이다.

낭장망 그물로 철마다 뒷개에서 힘깨나 쓰던 청년들도 통발에 걸린 장어처럼 이를 물어 버둥질대는데 푸른 수평선에 혹은 망치같은 섬들 사이로 쌓일수록 부실한 나이를 단련해 왔지만 동네서열은 좀체 바뀌지 않는구나.

나를 끌어안은 것은 빛이 아니었다. 눈빛 침침히 잠겨드는 창밖의 하늘과 제 때가 되면 옷을 벗듯이 수시로 자기정화를 위해 다지고 다진 저 검은 뻘밭. 희미한 줄문양이 손바닥에 새겨지고 대봉산 그늘 밑으로 폐쇄된 학교가 허허 큰 웃음을 삼킨다.

햇살들도 바람에 끼어 투덜대기 일쑤인 상조도 길은 여전히 또아리를 풀지 않고 바퀴들이 먼지를 앞선 길을 따라 다리를 건너 본교로 간 아이들이 그리운지 묵은 밭 쑥부쟁이는 잘디잔 추억을 도란대지만 잡초보다 더 무성한 침묵 뒤로 철봉대 페인트가 벗겨나고 바닷바람에 하찮은 말들도 녹이 슬었다.

이제 누가 무망의 그물로 지는 바다의 해를 다시 건지랴. 붉게 망울진 바다가 외려 아버지의 길이려니 혈압붕대를 풀어 창밖을 보면 어머니 낮술 기운 볼처럼 흔들리는 동백꽃들.

탓을 하는 것이야 잔 바람에 쉬 휘는 나뭇가지들이라고 하면서도 외려 마음 가벼울수록 노래따라 돌아오는 배 앞에서 늘 장구채를 잡던 손목도 후둘후둘 바지가랭이를 적시던 노인들이 수숫대 마냥 꺾여 대문 안으로 사라지면 우수수 얘기를 다 쏟아버린 줄팽나무 가지 끝에 희미한 달무리가 걸리고 그 아래 모래집 짓던 눈 우묵한 아이들은 바지락껍질 같은 지붕 밑으로 졸음 따라 가는구나.

누구나 제 자리를 찾아 물길을 감는 섬이라면 그리움은 늘 밑으로 가라앉아 나이 들수록 혈관이 보이지 않는다는데. 보이고 들려서 위안하는 것들은 둥지를 못 찾은 새와 같이 저 홀로 자유로운데 이제 다시 물 밑의 그림자를 더듬듯 가는 숨결에 잠시 기대인다.

사랑도 다 짐이 되는 한 순간을 넘기까지 오래 기침을 쿨럭이는 그래 한 천년은 늘 해가 뜨고 또 한 천년은 그늘로 드리운 바다와 함께 그물 밖 세상을 기우고 또 기우리라.

氷壁

겨울山은 나뭇잎 하나 붙잡을 것이 없다
침묵의 저 가파로운 칼등

바람에 끌려다니던 눈송이들이
일제히 머리를 풀고
바위 절벽에 얼어붙는다

어떤 생애의 화살이 날아와 깨뜨릴 수 있을까
흉터와 외침 위에
얼음 저며드는 壁畫여

바람도 눈송이도
스스로 부딪쳐 불타올라
온몸으로 절벽이 된다

오오 고통만으로
저를 지키고 있는
저 겨울산

영월에서

탄광이 있던 마을의 여관에는 침대맡에
머리카락 몇 올 대신
누르면 석탄가루 나온다
쿨렁거리는 스프링 속을 드나드는 탄가루
베갯잇에 묻은 이 검은 친절은
지금은 기억하기 힘든 사내들의 피와 땀
흉터처럼 그어진 산발한 벽지들은
제 몸에 능욕의 두터운 세월을 덧발라놓고
떠나간 사람의 일지를 쓰고 있다
밤새 흐르는 변기의 물 내려가는 소리는
그때 닫지 않았던 눈물
막장을 떠난 연장들의 침침한 흔적들
쭈글쭈글한 장판 위에 접질려있고
어디선가 가래 끓는 소리 날 듯도 하지만
수상쩍도록 고요한 빈방들 그 안에는
지난 시절의 번영이 삐걱거리는 옷걸이에
곰팡내와 같이 걸려있을 것이다 캄캄한 복도엔
그 흔한 문 여닫는 소리조차 들리지 않고
눅눅한 한기가 옆방으로부터 새 나온다
성난 사내들의 피 끓는 함성소리 폐쇄한 대가로
여관의 방바닥은 꺼졌고

울퉁불퉁한 연대기를 보수하지 않은 채
탄광이 있던 마을은
먹먹하고 한없이 지루한 시간을
녹슨 창틀에 기우뚱하게 매어놓았다

순례자는 어디에 오고 있는가

회현역 지하도를 지난다

늦은 밤이다

신문을 깔고 한 사내가 누워 있다

남대문 시장이 막 문을 연 시간
술 취한 사내 몇과 양손에 짐을 든 중년의 여인이 지나간 자리
젊은 아비 품에서 잠든 아이와 콘크리트 바닥만큼 차가울 머
리맡의 우유 한 곽

나는 까닭 없이 목이 메인다

밥도 아니고 무기도 아닌 시가 나는 시시해졌다

꽃들은 어찌 알고

밀린 주택융자금 갚으러 가는 길
집 근처 아파트 단지를 가로지르다
은행 마감 시간도 잊고
걸음을 멈춘다

어쩌면 잎이 촘촘히 매달렸을까
간밤에 비가 내리더니
휘모리 장단 신명나게 몰아치면
활짝 벌어지는 상모위 부포처럼
소담스런 목련꽃들이
한바탕 잔치를 벌였다

꽃들은 어찌 알았을까
이 세상에
이 많은 위로가 필요한 줄을

다시 겨울에

쌍용양회 공장 굴뚝 부쩍 낮아지고
처마 끝마다 썰렁하게 찬바람 매달리는 날
녹스는 철길 따라 주평역 앞
이름도 없는 술청에 찾아들면
곱게 갈아 찰진 메밀묵보다
한껏 쪼그라든 바람벽이 먼저 반긴다
제 몸 하나 데우기도 힘겨운 난로는
피시식 부끄러운 눈웃음이나 던지고
풍으로 들어누운 바깥양반의 마른기침 두어 번으로
우리들의 안부는 그저 그렇다고 넘어간다
소줏병 속에서 얼어붙은 참기름 대신
신 김치나 듬뿍 넣어 내놓은 묵을 두고
휘휘 휘두르는 호계 막걸리 속으로
살갗에 머물던 냉기가 떨어져내리고
무슨 다짐도 없이 굳은 입술도 풀어져내리면
사람 사는 곳은 어디나 매한가지지만
이 외진 골짜기에도 있을 것은 아쉬운 대로 있고
없어야 할 것은 끝끝내 없어
이제는 잊고 싶다거나 사라져야 할
모든 슬픔이며 숨 막히는 치욕 따위와
오랜 좌절과 헐렁한 분노까지도

한 사발 막걸리에 스르르 녹아내리고
끝내 푸르디푸른 눈물마저 쓸어내리면
처마 끝에 매달린 찬바람도 뚝뚝 떨어져
우리 철지난 비틀거림이 이제야
어깨를 걸고 나오는 것을 나는 본다
힘겨워도 사그라지지 않는 불빛처럼
오래 갈아 찰진 메밀묵처럼.

낮 세 시를 울리는 알람소리

구로3동 벌집을 갔다
미순이 한번 가자는 말에
오냐, 서슴없이 따라나선 길
언니는 이런 모습 처음 볼 거야,
미순이 말을 했지만
낮은 지붕에 알루미늄 문짝도
좁은 통에 널려 있는 오물도
냄새나는 공동화장실도
나는 아무렇지 않았다
문 앞 좁은 마당에 가지런히 놓여 있는
초록색 이파리 큰 화초들이
이것은 하나의 삶이라고
말을 건넸다
어느 천장 낮은 집
땅 가까운 곳에서
낮 세 시를 울리는 알람소리 들려 왔다
야간 근무자의 아침이 울려왔다
시계소리가 말을 건넸다
이것은 또 하나의 삶이라고
그 삶, 들이 다세대 붉은 벽돌에
에둘러쳐져 외롭게 숨쉬고 있었다

예비군 훈련

예비군 훈련 간다
선생님도 가고
노동자도 있고
가게 하는 아저씨도 간다

총을 쏘겠지
표적을 보고
누가 더 잘
총알 박으려는지 몰라도
통일만이 살 길이라고 하던
상윤 씨도 총을 쏠 거다

그게 누구 가슴이고
누구 머리일까
하나로 살기 위한 연습을 마다하고
총 쏘는 연습을 해야 하는
이 땅에 사는 우리들

싸락눈

이번 겨울만큼은 부디 사그라들지 말거라 개오동 나무야 하니 그러마 한다 할머니 감자탕집 뒷간 지키는 강아지도 그러마 하고 이마를 스치는 바람도 그러마 한다 꾸벅꾸벅 조는 할매야 미안타 零下까지 내려온 이 한 밤 녹아 내리는 한 밤인데 한 잔 더 묵자 할매야 하니 그러마 한다 흐릿한 유리창 밖 네거리 싸락눈은 내리고

열무김치

곧 장마권에 접어든다는 일기예보
채소 값 오르기 전에 김치나 담가야겠다는 마누라
오르면 얼마나 오르냐고 비웃다 잠든 나
후드득 빗소리에 잠깬 나
그새 시장 다녀와서 이미 버무리기 직전인 마누라
설탕 좀 치고
소금 좀 치고
멸치액젓 적당히 치고 뒤적거리는 마누라
왜 무는 없냐고 묻는 나
맛있어 보여서 다 먹어버렸다는 마누라
정말이냐고 묻는 나
이건 알타리가 아니고 열무김치라는 마누라
멋적은 나
고춧가루나 뿌려달라는 마누라
뿌리는 나
뒤적이고 뿌리고 버무리고……

"좀 시들었다고 싸게 팔길래 네 단이나 샀어!"

점점 붉은 빛이 도는 내 얼굴
마지막으로 깨보숭이 치고 버무리던 마누라
한 점 집어주는데…… 괜찮군. 소주 없나?

강물아

바다로 가는 강물아
그냥 흘러만 가다오

강둑의 자갈돌들
쓸어가지 말고

강변의 모래무덤
허물지 말고

바다로 가는 강물아
그냥 바다로만 가다오

강둑엔 자갈돌들 있어야 하고
강변엔 모래들이 있어야 하듯

너는 바다로 가야 하는
강물이잖니

너 흘러가는 길
외로움도 괴로움도 너만의 것

자갈 모래 슬픔은 어루만져주고
힘으로 데려가지 말아라.

바다에서 살아갈 강물아
바다처럼 그저 넓게 넓게만
흘러가다오

그냥 바다로만 가다오

소하동 천장지구(天長地久)

1

지친 밤일을 마치고
동료들이 기다리는 곳으로 향한다
늘상 그렇듯 회의는
논쟁으로 고집으로 아집으로
번식되어 간다

피곤을 핑계로 귀를 닫는다

2

장사익과 에어콘이 동승한 퇴근길
나에겐
달아오른 도시가 없다

닫힌 공간 밖으로
나를 닫는다

3

도로 한복판 꿈꾸듯 누워있는 노란머리 소년
그 옆 동침하고 있는 '피자헛' 빨간 오토바이 하나

72

호기심 많은 머리들이 차창을 들락이고
경적을 연호하며 죽음에 시위한다

                            4

짜장면은 달거리 외식이었다
아빠의 월급날 저녁이면
다방구도 찜뽕도 더 이상 매혹이 못 되었다

지금도
가난한 소하동 달걸이 외식이 남아 있다
디디알도 포트리스도 아이들을 못 잡는 날

소하동의 아빠 하나
전화기 노려보며 익숙지 않은 위세를 부릴지도 모른다
젠장, 피자 시킨 지가 언제요

                            5

살포시 허리춤 움켜쥔 소녀를 태우고 내닫는 질주가
노란머리 소년의 꿈이었다, 면
일요일이면 친구들에게 뻐기는 아이 손잡고 롯데월드 가는 게
소하동 아빠의 꿈이었다, 면

소란과 주장에 귀 닫은 퇴근길의
나는
멈춰 있다.

사람이 꽃보다 아름다울 때

단 한 번일지라도
목숨과 바꿀 사랑을 배운 사람은
노래가 내밀던 손수건 한 장의
온기를 잊지 못하리
지독한 외로움에 쩔쩔매도
거기에서 비켜서지 않으며
어느 결에 반짝이는 꽃눈을 달고
우렁우렁 잎들을 키우는 사랑이야말로
짙푸른 숲이 되고 산이 되어
메아리로 남는다는 것을

강물같은 노래를 품고 사는
사람은 알게 되리
내내 어두웠던 산들이 저녁이 되면
왜 강으로 스미어 꿈을 꾸다
밤이 길수록 말없이
서로를 쓰다듬으며 부둥켜안은 채
느긋하게 정들어 가는 지를

누가 뭐래도 믿고 기다려 주며
마지막까지 남아

다순 화음으로 어울리는 사람은 찾으리
무수한 가락이 흐르며 만든
노래가 우리를 지켜준다는 뜻을

가로등 아래서

이 가로등은 밤새 꺼지지도 않고
뻥 뚫린 길을 대낮처럼 밝힌다
분명 어느 강줄기를 막은 댐에서
물고기 지느러미가 일으키는 물결 대신
보내주는 고압의 전류로
이렇게 우뚝 세상을 밝히고 있는 것이다
길은,
깜박깜박 점멸하는 것인지도 모르고
제 아래로 아래로만 지나가라고
보도블럭 틈새의 개미 지나간 흔적까지 밝히지만
밤새 켜진 불빛 때문에
마음이 단풍 든 애인들도 그만 잡은 손을 놓아버린다
몸을 일렁이게 하던 숨소리도
가로등 아래 모여드는 날벌레 떼가 되어버렸다
이 가로등은
꿈속까지 따라와 불을 밝힌 채
모두 같은 꿈을 꾸라 하고
우리에게 너무 많은 별빛을 빼앗아 갔지만,
뻥 뚫린 길 위로 쏟아지는 불빛 속에서
어느 강물을 박차고 날아오르는
한무리의 물새 떼를 본다
날갯짓에 인 무수한 파문을 본다, 오늘은

아내의 부업

대문 밖으로 쓱 삐져 나오는
낯설은 기계 소리

웬 기계냐 퉁명스럽게 내뱉는 말에
아내는 부업할 기계라며
닳아 손가락 나온 시커먼 장갑으로
송글송글 맺힌 이마에 땀을 닦는다

이것 얼마짜리냐
한 달에 수백만원 버냐
알아 봤는데 이만한 부업거리도 없더라
네 번을 밟아야 육원인 우산살
육천 번을 밟아야 만원벌이

그 돈으로 무엇을 할 것이냐
모아서 하고 싶은 일 하겠다네
하고 싶은 일 비밀이라는 아내
그 돈으로 옷도 사 입고, 맛있는 것도 사 먹고
꼭 당신하고 싶은 일 했으면 좋겠네

몇 달을 가지 못하고 아내는 그 돈을 썼다네

왜 모으지 않고, 당신 필요한 곳에 쓰지 않고
우리 가족 위해 썼는데 뭐
처음부터 우리 가족 위해 쓰려고 했다는 아내
아내가 밟은 것은 꿈이었다
아내는 오늘도 꿈을 밟네

제3부
꿈과 투쟁

눈 내리는 밤

눈 내리는 밤
연립주택 이층에서
노동자들이 잠든 세상을 바라본다

그들이 쏟아부은 정력과 눈물로
저 세상을 잠들게 하고 있으리

오늘도 공장 앞에서
그들의 남루한 생애를 반납하고
땀내 풍기는 더운 밥을 먹었으리라

노동자들이 곤하게 잠든 세상
그들의 지친 노동 위에
지금도 눈이 내리고 있으리

불켜진 공장 앞에서
눈 내리는 밤이여

역사의 기관차에 유임승차하자

—1997년 1월26일 여의도광장에 모이는 전국의 양노총 노동자
  동지들에게

겨울 바람은
자본과 권력의 불륜으로 더럽혀진
불쾌한 나라를 닮아 더욱 차다.

야근에 피곤이 겹친 누이는
흰 가운을 벗고 병원문을 박찼다.
쇳덩이에 손이 뭉개졌던 아우는
뭉툭한 손으로 공장 스위치를 내렸다.
친구는 선적장의 기중기를 세우고
손이 고운 애인은 은행창구를 떠났다.
누님은 약국 셔터를 내리고,
사무원 김 양은 컴퓨터 모니터를 지웠다.
입사동기는 결제판을 단호하게 내던지고,
아내는 실험실의 문을 폐쇄했다.
법학자는 위법임을 밝히고
스님과 목사는 종교의 양심으로 거부하고
수녀와 신부는 불복종을 선언했다.

그러니 동지여,
승리는 멀지 않다.
자본가와 이해가 일치한
파업이 두려운 기회주의적 사이비 노조간부를

강물 밖으로 내동댕이치고
파업의 강 투쟁의 장엄한 강물 복판으로
몸을 던져 역사의 반동에 제동 걸자.

백화점의 조명을 끄고
버스와 택시를 세우고
기차와 지하철을 멈추자.
기자는 펜을 꺾고
학자는 책을 집어던지고
학생은 도서관에서 뛰쳐나오고
주부들은 잠시 행주치마를 풀자.
작가는 원고지를 박박 찢고
화가는 잠시 붓을 멈춰라.
음악가는 승리악을 위해 연주를 유보하라.

법관은 더 이상 시녀이기를 거부하고
경찰은 이제 시민을 등에 업어라.
카페의 애인을 집회장소로 오라 연락하고
친구와 직장 동료를 거리로 불러 모으라.
처자식과 고향의 부모에게는
잠시 못 볼지도 모른다고 전화하라.
작은 소유를 잃을까 두려워하는 소시민을 설득하고

구경만 하는 대기업 고임노동자
기업으로부터 버려진 조기퇴직자
복지로부터 소외된 실업자, 거지, 부랑아, 창녀
이 소중한 사람들 가두로 다 모아
주권을 반역한 국회의원을 소환하고
자본의 침대에서 속닥거리는 관료를 끌어내리고
고소 고발 손해배상을 청구한 야비한 기업주를 추방하고
황금의자에 앉은 오만한 권력을 파면하자.

삭발한 누이의 구호는
미스월드보다 아름답구나.
대열 속 연약한 여공의 손은
권투선수보다 강하다.
거리의 유인물 뭉치는
노벨문학상보다 감동적이다.
그러니 동지여, 승리는 가까웠다.
망치와 넥타이와 펜대와 마이크의 연대로
광화문에서 부산에서 무등산에서
전국 방방곡곡에서 승리의 경적이 울릴 때까지
파업의 강물에 동참하자
역사의 기관차에 유임승차하자.

해방역

—민주철노 공투본과 전국의 철도노동자들에게 바치는 글

우리는 간다.
오늘도 우리는 간다.
부산역 광장으로 서울역 광장으로
철도차량기지 사무실로 힘차게 간다.
한번도 노동자의 목소리를 들어보지 않은
저 귀먹은 철도청의 지배자들에게 이 함성을 외치러간다.

너희들
민영화의 미명아래
마침내 숨소리마저 닮아버린
기관차의 힘찬 심장을 멈추게 하려는구나
먼길 달려온 자식 마냥
때마다 반갑게 흔들어주던
이 깃발 빼앗으려 하는구나
이글대는 뙤약볕 아래서도 선로를 이으며
굵은 땀방울 흘린 철길을 떠나라 하는구나

그럴 수 없다
삼천리 고동치며 이 핏줄 이어온 것이 누구인가
권력의 하수인이 되어 아부와 협잡으로
철도청의 깊은 자리를 차지한 당신들인가

당신들과 한패가 되어 갖은 이권의 떡고물을
챙겨온 어용노조의 간부들인가

그럴 수 없다
보이는가 그대들
100년 철도 역사를 이끌어오며,
이 땅의 역사를 만들어온 노동자들이
저 철길의 침목으로 누워 있음을.
자본과 권력의 두 레일에 깔려 신음하다 죽어간
우리 동지들의, 이 땅 노동자들의 잘리워진 팔과 다리가
검은 피에 물들어 깔려 있음을.
어찌 그냥 물러서란 말인가
어찌 우리마저 너희들의 앞길을 떠받들기 위해
저 자리를 이어가란 말인가

우리는 간다
이 땅에 노동자의 모습으로 처음 태어나
자랑스런 투쟁의 역사를 간직한 민주철노의 역사를 찾으러
간다
굴종과 오욕의 어용노조를 깨고
저 힘찬 기관의 맥박처럼 당당히 우리의 자리를 찾으러 간다

영주에서 순천까지, 서울에서 부산까지
보라
방방곡곡 어느 한 곳 끊기지 않은 철길처럼
우리는 하나로 이루어진 노동자, 철도노동자이다

어찌 주저할 것인가
우리가 앞장서야 하는 것을
이 땅의 모든 노동자 함께 태우고 가야 하는
우리는 철도노동자인 것을

어찌 망설일 것인가
우리가 이를 종착역은
노동자들이 주인으로 살아갈 참세상인 것을
그곳에 이르지 않으면 우리 가야 할 길이 끝나지 않는 것을

오늘도
앞서야 할 투쟁의 선봉에 서기 위해 당당히 나아간다.
민주철노를 쟁취하고
마침내 이르러야 할 노동자의 해방역을 향해
가자! 철도노동자여!

노래, 우리의 노래여

저기 아지랑이 좀 보아
우리가 살아갈 어느 곳이건
거침없이 눈부시게 피어나는 봄

지리하게 몰아치던
찬바람의 노래들
깨어나는 땅을 울리어
누구의 가슴인들 비집고 들어가
웃음이, 흥겨움이
덩실덩실 어깨춤으로
번지고 있잖아

보아, 저기 하얀 수의 같은 눈발을
지천에 뿌리고 가신 남주 형도
더덩실 나오고
천지 가득 웃음으로 퍼지는
문목사님도 물결처럼 오시잖아
또 저렇게 많은
꽃 넋들 무더기로,
봄꽃으로 오고 있잖아
우리도 저런 꽃이 못되겠니

푸르게도 하늘은 살아 있고
땅심으로 너와 나를 버티어 주는
실팍한 대지

너와 나
그 푸르름, 실팍함
온 몸으로 받아 안고
함께 밀려가는
강물처럼 흐를 수 있다면.

소의재

구름이 피어나는 지리산 자락
아버지 어머니는 소의재를 지어 놓으시고
우리를 반겼다.
한참을 내리던 빗줄기마저 잠시 멈추어 서서
놀다가라 손짓하는
수많은 애국지사들이 묵어간 곳
분열의 고통 바위틈에 뿌려놓아
줄기줄기 흘러 하나되어 간다.
몇 톤이나 되는 바위를 우리들이 들썩들썩 옮겨놓아
작은 몫을 했다며 막걸리 한 잔 주시어 목을 축인다.
반도 남쪽 제일의 목수가 지었다는 작은 집
노동자들 땀 흘리고 농민들 흙을 다져
학생들은 나무도 옮겨 이 사람 저 사람 함께 어우러져 만든
족히 조선사람 전부는 자고 갈 만큼
편안한 집을 조선의 기풍대로 세웠다.
만사 제껴놓고 할 일이 조국의 통일이라며
열사가 갈망하던 염원이라며
지리산 골짜기 굽이굽이 씻어낸
옹근 삶의 맑은 가슴을
가는 길에 먹으라고 주먹밥에 꼭꼭 싸 주셨다.

* <소의재>란 작은 의리도 소중히 한다는 뜻으로 서울시립대 학생
  이었던 박선영열사의 뜻을 기리기 위해 벗들과 부모님이 함께 지으
  신 집이다,

그해 3월, 그리고 구조조정

통수권자도 무릎을 꿇어버린
굴욕의 봄,
서울의 봄이 아니네
광주의 봄이 아니네
이마에 잎 돋는
3월이 죽음 같네
저기 대지에 천년을 키워온
눈빛들, 앞다퉈 빛나건만
없네
웃는 이가 없네
웃는 놈은 저기
성조기 아래 있네
소매치기도 아니요
강도도 아니요 열심히,
열심히 일한 죄밖에 없는 사람들
쫓겨날까 봐 두려움에 떠는
겁먹은 저 본능의 눈동자!
봄이 봄이 아니네
사람이 사람이 아니네
이미 땀이 식어버린 몸은
오래 전에 멈춘 쇳덩어리 기계,

잃어버렸다네 우리는
소주 한 잔 마음놓고 마실 수 없는
지친 그림자들
작업장으로 가는 길을 잃어버렸다네

손가락을 자르며

내 한 방울 뜨거운 눈물 흘려
광부들의 아픈 가슴 어루만져 줄 수 있고
내 뜨거운 가슴을 터뜨려
광부들의 맺힌 한을 풀어줄 수 있고
내 손가락 2개를 잘라
우리들의 요구사항이 쟁취될 수 있다면
남은 손가락은 아직 8개
하나 또 하나씩 잘라간들 어떠리
하나 또 하나씩 잃어간들 어떠리

전봉준, 안중근 전태일……
손가락이 아니라 팔 하나가 아니라
진정 의로운 일이기에
남아 한목숨도 기꺼이 던져
짧지만 커다란 생을 살다간
역사의 횃불들도 많고 많은데

광부!
어차피 지하막장에서 짐승으로 살 목숨
손가락 몇 개를 잘라 인간으로 살 수만 있다면
손가락 2개가 아니라 내 남은 8개의 손가락

하나 또 하나씩
잘라간들 어떠리 잃어간들 어떠리
나와 우리 5만 광부가
짐승이 아니라 인간답게 살수만 있다면.

자유여! 해방이여! 라고 난 이제 부르지 않으리

허기져 식판 들고
동그랑땡처럼 줄 서서 너를 기다렸다
볼트를 조이며 발브를 돌리며 기다렸고
고공에서 쇠파이프와 톱을 들고
동료와 싸우며
전투적으로 너를 기다렸다
몇 번을 더 밟으면 너가 오나
늦은 밤 프레스를 밟으며 기다렸고
몇 번을 더 돌아야 너가 오나
콘베어벨트 끄트머리에 앉아 졸면서 너를 기다렸다
그래도 넌 오지 않았다
온다는 소식도 없었다
그래서 다시 또 보따리를 쌀 땐
오지 않는 너도 꾹꾹 눌러 담아야 했다
너는 누구였을까
새 세상이 온다기에
너도 오나 기다렸고
새 사람이 온다기에
너가 그인가기도 했는데
우린 너가 누구인지도 모르면서
너무나도 오래 너를 기다렸구나
……!여

코넷ID : 대박

누구나 쉽게 벌 수 있지
복권 한 번 긁는 셈치거나
경마권 한 장 승부 거는 희망,
빠징고 한판 당길 힘 남아 있거든
확률 높은 주식 투자해
공장에서, 구멍가게에서
하루 왠 종일 뺑이치지 않아도 된다 하네
기름때 묻히지 않고 대박 터트린 놈들
TV화면 가득 몰려와
두 눈 부릅뜨고 세상 보라 한다
회사의 주인은 당신이라던 자본가
산업역군답게 땀흘린 모습이 아름답다던
공익광고는 이제
우리 사주 취득해 한몫 챙길 수 있는
세상이 왔다고
묻지마 투자로 대박 터트릴 수 있을 만큼
세상은 변했다고
임금인상, 파업은
시대착오적 발상이라 하네
그런가
정말 그런가?

언제 당신들이 우리를
이 세상의 주인으로 대접해 주었는가 되묻고 싶네
우리의 목숨 건 투쟁과 최소한의 생존권 요구조차
난잡한 흙탕물에 뒤섞고 있는 건 아닌지
열의 아홉은 깡통 찬다는 주식투자
그 낭떠러지로 끌고 가는 건 아닌지
이걸 알아야 하네
당신들이 앗아간 건
단지 몇 푼의 돈이 아니라
우리들의 희망이라는 것을
당신들의 신화는 우리의 분노란 것을

소리없는 절규

　　─ 나는 인간이기 때문에 애도한다, 팔레스타인의 한 아이의 죽음에
　　　나는 인간이기 때문에 강력히 항의한다, 이스라엘 정부에

한 아이가 죽었다
대낮 콩볶듯한 총성 속에
겁에 질려 자궁 속의 태아처럼 웅크린 채
살려달라고 절규하던

팔레스타인 한 아이가 죽었다
총알이 그의 가는 목을 관통했다
이제 돌아가 어머니가 지어준 저녁밥을 맛있게 먹고
즐거운 꿈을 꾸게 해달라고 기도하고
잠이 들어야 할
우리의 아들 딸 같은

아이는 죽고
그 죽어 가는 과정이 전세계에 방영되었다
나는 저녁을 먹으며 뉴스를 보다가 그 장면에 구역질을 했다
방금 전까지만 해도 세상에서 가장 작아지려고 온힘을 다해
몸을 웅크리던 아이의
축 늘어진 주검
더 이상 두려움도 공포도 없는
저 침묵의 외침!

나는 도무지 알 수 없다 왜 저 아이가 죽어야 하는가
어쩌면 저 아이가 어렴풋이 짐작했을지도 모를 죽임의 이유를
구로동에 살고 있는 나는
이해할 수도 느낄 수도 없다 다만
공포를 짐작한다
공포를 뚫고 나오는 생명의 외침을 안다

총은 사라져야 한다
총에는 어떤 인간의 정의도 없다
그래서 지금 저 한 아이는 목에서 피가 흐르고 있다
총에는 어떤 神의 정의도 없다
그래서 저 팔레스타인의 한 아이는 죽었다

군불을 피우면서

아직 덜 여문 놈
꼿꼿한 척 폼 잡는 놈
삐뚜름한 놈
휘어지고 구부러진 놈
까시쟁이 독오른 놈도
낯바닥에 철판 두른 놈
어깨 힘 잔뜩 들어간 둥거지
희나리도
뾰족한 놈도 무르츰한 놈도
아무데서나 잘 부러지는 삭달가지도
가슴에 단풍이나 이마에 별 단 놈들도
골목 깡패가 되었든 주막 강아지가 되었든
이미 썩어문드러져야 할 놈들이 마지막 발악을 하고 있지만
일단 불을 만나면
꼬리 착 내리고 고분고분해집니다

어쩐 일인지 우리 나라에서는 한 번도
제대로 된 불을 피운 적이 없습니다
애꿎은 생나무 때면서 피눈물 많이 흘렸지요
그 눈물 강물 되어 도도히 흐르는 데도
오늘도 저렇게 불 맞아 본 적 없는 것들이

제 세상인냥 설쳐대고 있습니다
한꺼번에 아궁이에 처넣어도
시원찮을 놈들이 말입니다

매화꽃 향기 날리면

안개가 끼지 않는 마을
이곳엔
무국적자들이 산다네

사람들이 사람이 아닌
이곳엔
비행기와 포탄만이 왔다갔다 한다네
50년 동안 전쟁이 일어나는
경기도 화성군 우정면 매향리

양키들이여
그대들의 지옥의 땅
네 바다로 돌아가라

매화꽃 향기 날리면
원통하고 서러운 그 넋들
바람에 실리어 고향 산천으로 되돌아 오게

오고 가고

오고 가고
가고 오고
아무리 억센 풀밭도 사람이 지나면
한 둘이 아니라 수천 수만 겨레가 나아가면
길이라네
너른 강도 폭풍우 바다도 드센 산도
한 둘이 아니라 칠천만 겨레가 나아가면
길이라네

새가 넘나들고 고기가 다람쥐가 노니는 땅
겨레가 주인인 땅
통일의 땅이니
가고 오고
오고 가면 길이라네
사람이 오고 가면 길이네
통일 길이라

그 길은 지름길이나
몇 몇 잘린 사람이 가고 오는 게 아니라
우리 겨레
칠천만 대단결 겨레가 오고 가고 가고 오는 길

오직 한 길
통일 길이라

모란공원, 가을

넋두리 판치는 세상
추태로 인한 부끄러움과
짙은 회한을 들꽃 묶어 바칩니다

지금은 메마른 단풍이 내려와
척박한 땅에 머무는 계절
한여름 내내
뜨거운 상처 다스리지 못해
몸뚱이 밀며 헤매던 까치독사
깊은 굴을 찾아듭니다

거품으로 흘린 독
길고 어두운 밤 동안
갈꽃 거름이 되고
찬 서리 속에 지새우던
나그네 앞에
독기 뿜어내는 들국화
한무더기 피었습니다

아, 떳떳한 죽음이란
끝끝내 살아낸 자만의
몫이란 걸 향기로 알았습니다

고치의 잠

나는 겨울잠에 들어간다
관 같은 집을 짓고
아예 문도 내지 않고
삼동을 깊이 잠자련다

친구여 찾지 말아다오
내 어찌 그리움이 없겠는가
그리워도 다만 울지는 말아야겠기에
울더라도 눈물은 보이고 싶지 않아
깊고 긴 겨울잠에 들어간다

내 겨울잠은 깡깡 얼어 있다
아 전신마비의 언 잠이여
혹독하구나 살아 있는 것은
팔딱이는 심장뿐이다

내 꿈은 뇌에 있지 않고
쉬지 않고 맥동하는 심장에 있다
내 겨울잠은 휴식이 아니라 노동이다
언 몸에 더운 피 돌게 하여
더듬이와 다리와 날개를 만드는 일

친구여 그 날을 기다려다오
그 수고로운 성숙을 맞이하는 날
쓰라린 변신을 마치는 날
그대 곁으로
고치를 찢고 세상 속으로
날아갈 것이다

나 죽거든 망월동에 묻히고 싶네

나 죽거든 꼭 망월동에 묻히고 싶네
뜨거운 가슴으로 열정적으로 싸우지 못하고
내 젊음을 놓아 피로써 민주를 구하지 못하여
비판받고 부적격자라 한다면
경대형 있고 승희언니 있는 망월 한복판 아니더라도
멀찍이 그들의 숨결이라도 느낄 수 있는 곳이라면
더 바랄 것 없겠네
청년의 동의어는 투쟁이라 해도 좋을까
뼈 살 바쳐 식민지 한반도 건져내진 못했지만
나도 피 끓는 정의로움.
사는 동안 조국을 염려하고 고민하였으니
자격이 아주 없는 것도 아닐 터
저어기
재을이와 수석이의 풋풋한 싸움과
남주, 양무선생님의 깊은 진지함 속에
내 육신도 함께 녹아 내려가
끝없이 부지런히 작은 풀뿌리를 키우고
겸손하여 아름다운 들꽃과 코스모스를 키워내며
어딘가에 누워있을 누군가의 기일에
숨차지 않게 찾아가 위로하며
묻힌 모두의 넋과 다짐을 나누며 조국을 이야기하고 싶네

그리하여 때로
산 자가 남기고 간 막소주에 기분좋게 취해보고
누군가의 방명록에 촘촘히 새겨진 다짐과 엄숙함 속에
나도 다시 청년으로 살아 조국을 노래하고 싶네
아……
언젠가 멀지 않은 날
나 죽거든 결단코 망월에 묻히고 싶네
5월만 되면 숨막히도록 향내가 들끓고
새 소리 벌레소리마저 없다면
마른풀에 덮힌 열사들의
'쿵쿵' 열정의 심장소리 들릴 듯한 잊혀짐이라 해도
태어나 한번쯤
조국 위해 청춘 바쳐 본
순결한 아름다움으로 함께 묻혀
그 소박한 햇살 함께 받으며 누웠어도 애국하며 썩어가고 싶네

시대의 말뚝에 대하여

우리가 가고자하는 길을 미리 말하지 말라
이미 세상은 다 알고 있지 않는가
우리가 가고자 하는 길을 서둘러서 묻지 말라
이미 그대들이 모두 알고 있지 않는가

한번의 풋사랑으로 인간의 영혼을 다 알아버렸다고 말할 수
없으리라
한순간의 격정으로 세상의 모든 것을 사랑할 수 있었다면
세상은 인간의 가슴에 아무 것도 남겨 두지 않았으리라
심장을 파먹히고도 끝끝내 되돌아서서 올라야 할 거대한 산
이 없었더라면
누군가는 반드시 올라야 할 산이 없었더라면
시지프스는 없었으리라
인간의 신화는 한갓 에피소드에 불과하였으리라

농부의 들판이 아름답다고 말하는 사람은 누구인가
피투성이 황혼을 바라보며 흥겹게 노래하는 사람
밤과 밤이 아닌 것의 경계를 무너뜨리고
희부연한 새벽, 별빛과 달의 풍경을 꽃이라고 말하는 사람
누구인가
화려한 성찬식을 기웃거리며

지켜야 할 인간의 존엄마저도 초라해져버린 날들의 새벽은
다만 회색 빛, 그러므로 다가올 아침에 대해 누구 한 사람
말하지 않는

한 점 별빛은 흘러 이슬이 된다
초록 싱싱한 풀잎은 저 이슬 때문,
풀잎은 반짝거리는 꽃이 되겠지
화사한 이 가을의 꽃은 저 푸르른 하늘, 쏟아져내리는 햇살
때문
눈물을 애기하나 슬픔을 모르는 많은 수다꾼들에게서
슬픔을 애기하나 생존의 고통을 모르는 숱한 서정시인들에
게서
고통을 애기하지만 인간의 절망을 모르며,
그리움을 애기하지만 수도 없이 밤을 새운 기다림의 날을 모
르는 많은 사람들에게서
사랑하는 가족과 낡은 식탁에 앉아 나누는 장엄한 평화,
한 점 풀꽃이 되어 이 지상의 아름다움을 노래 부를 수 있음을
어찌 다 기대할 수 있겠는가

타올랐으나 잿더미가 되어버린 길을 따라
지나간 시대 우리의 누군가가 불렀을 노래,

다가올 시대 우리의 누군가는 하염없이 부르며

잿더미 속에 뿌리내린 그 하얀 풀잎 이파리 노란 꽃무리

타올랐으나 바람이 되어버린 저 산 하염없이 넘나들며

나무가 되어 나무숲에 깃드는 산새가 되어

누군가 맞장구치며 따라 노래부르며

홍수 진 강물을 따라 흐르다가 문득 아득히 제 혼자서

떠내려가는 살림살이 하나 둘씩 손 붙잡아 어깨 껴안는 말뚝
으로

좋지 않은 소문에도 휘둘려 난데없이 펄럭이다가도 제 혼자서

바람에 손 내밀어 잔잔한 물결 만드는,

그렇게 누군가는 이미 다 알고 있는 것들

애써 노래하지 않을 뿐

그러므로 이미 우리가 지나 온 길과 지나가야 길에 대해서

애써 말하려 하지 않을 뿐

지금은 다만 터벅터벅 발걸음 소리와 벗하여 잿더미 길을 걸
어갈 따름이다

검지에 핀 꽃

감자 썰다 검지에서 피 뚝 떨어진다
아리다

한시절 아리게 산 적 있었지
하얀 광목천에
검지를 갈라 노동해방을 쓰고
한번은 검지를 깊게 베어
원직복직을 외치며 혈서를 썼는데,

지금 그 검지에서
붉은피 뚝뚝 떨어진다
하염없이 피가 흐르고
도마를 타고 씽크대로 흘러가는데
옹이 박힌 손끝에서 꽃망울 터진다

나는 지금 무어라 쓰고 싶다
한번 꽃처럼 붉게 피어
가슴 깊은 상처를 다시 남기고 싶다

제4부
전태일

청계천에서

그대를 꽃이라 부른다
불처럼 타는 가슴 여기저기 때리며 큰못을 박는
이 따위 더러운 돈, 진실로 하루 세끼 라면값도
안되는 몇 푼 때문이 아니라,
이제는 비로소 정정당당하게
정정당당하게 한번쯤 일해 보기 위하여 싸우고
소리높여 죽은
그대를 속삭이듯 꽃이라고 부른다
침묵 속에서 혹은 저 이름모를 무수한
봉제공장 바닥에서
살을 누비듯이 헝겊을 누비고 단추를 달고
눈물을 삼키는 친구들은
그대여,
아직도 부르르 주먹만 살고,
적수공권 없는 놈은 뒤로 자빠져도
코가 깨지는
피투성이 음침한 거리 먼지낀 하늘 아래
날마다 다시 살아 그 가슴에 잘 타는
기름을 붓고,
또다시 온몸에 불을 붙이는
그대를 입을 모아
꽃이라고 부른다

전태일

그의 죽음은
너의 시작이었다
나의 시작이었다
하나 둘 모여들어
희뿌옇게
아침바다의 시작이었다

그는 한밤중에도 우리들의 시작이었다

반성

전태일(노동자, 1970년 11월 13일, 열악한 노동현실 고발하
며 분신)

김진수(노동자, 1971년 5월 16일, 노동조합을 파괴하려는
구사대에 의해 사망)

김경숙(노동자, 1979년 8월 11일, 신민당사 농성 강제 해산
도중 사망)

박영진(노동자, 1986년 3월 17일, "근로기준법 및 노동3권
보장하라"고 외치며 분신)

정낙현(노동자, 1988년 노동운동 중 목매 자살)

문송면(노동자, 1988년 7월 2일, 산업재해 — 수은중독 —
로 사망)

성완희(노동자, 1988년 7월 9일, 동료의 복직투쟁 중 회사
측의 탄압에 맞서 분신)

송철순(노동자, 1988년 7월 15일, 노조사무장으로 파업 도
중 현수막을 걸다가 추락 사망)

김종수(노동자, 1989년 5월 4일, 파업 중 "무노동 무임금
철폐" 외치며 분신)

조정식(노동자, 1989년 5월 24일, 노동운동가로 산업재해로
사망)

최종길(교수, 1973, 중앙정보부에서 의문사)

박종철(학생, 1987년 1월 14일, 남영동 대공분실에서 고문

사, 6월 항쟁의 기폭제가 됨)

  박래전(학생, 1988년 6월 6일, "광주학살 원흉 처단 군사파
쇼 타도"외치며 분신)

.
.
.
.
.
.

  마석 모란공원의 안내판에 나를 비춘다
  너도 저럴 수 있느냐?

전태일

한국의 하늘아
네 이름은 무엇이냐
내 이름은 전태일이다

한국의 산악들아 강들아 들판들아 마을들아
한국의 소나무야 자작나무야 칡덩굴아 머루야 다래야
한국의 뻐꾸기야 까마귀야 비둘기야 까치야 참새야
한국의 다람쥐야 토끼야 노루야 호랑이야 곰아
너희의 이름은 무엇이냐
우리의 이름은 전태일이다

백두에서 한라에서 불어오다가
휴전선에서 만나 부둥켜안고 뒹구는
마파람아 높파람아
동해에서 서해에서 마주 불어오다가
태백산 줄기에서 만나 목놓아 우는
하늬바람아 샛바람아
너희의 이름은 무엇이냐
우리의 이름이라고 뭐 다르겠느냐
우리의 이름도 전태일이다

깊은 땅 속에서 슬픔처럼 솟아오르는
물방울들아
너희의 이름은 무엇이냐
우리의 이름이라고 들어야 알겠느냐
한국 땅에서 솟아나는 물방울치고
전태일 아닌 것이 있겠느냐

가을만 되면 말라
아궁에도 못 들어갈 줄 알면서도
봄만 되면 희망처럼 눈물겨웁게 돋아나는
이 땅의 풀이파리들아
너희의 이름도 전태일이더냐
그야 물으나마나 전태일이다

청계천 피복공장에서 죽음과 맞서 싸우는
미싱사들 시다들의 숨소리들아
너희의 이름이야 물론 전태일일 테지
여부가 있나
우리가 전태일이 아니면
누가 전태일이겠느냐
어찌 우리의 숨결뿐이겠느냐

우리의 맥박도 야위어 병들어가는 살갗도
허파도 염통도 발바닥의 무좀도
햇빛 하나 안 드는 이 방도
천장도 벽도 마루도
삐걱거리는 층계도
똥 오줌이 넘쳐 냄새나는 변소도
미싱도 가위도 자도 바늘도 실도
바늘에 찔려 피나는 손가락도
아 - 깜깜한 절망도
그 절망에서 솟구치는 불길도
그 불길에서 쏟아지는 눈물도
그 눈물의 아우성 소리도
무엇 하나 전태일 아닌 것이 없다
전태일이 아닐 때
우리는 배신이다 죽음이다
우리는 살아도 전태일 죽어도 전태일이다

빛고을에 때아닌 총성이 요란하던 날
학생들 손에서 총을 빼앗아 들고 싸우다가
전사한 양아치들아
너희들도 당당한 전태일이었구나

먹을 것 마실 것 있는 대로 다 내다가
아낌없이 나누어주면서
새신랑 맞는 처녀의 가슴으로
떨리기만 하던 티상(창녀)들아
너희들도 청순하고 자랑스런 전태일이었구나
전태일 아닌 것들아
다들 물러가거라

눈물 아닌 것 아픔 아닌 것 절망 아닌 것
모든 허접쓰레기들아 모든 거짓들아
당장 물러들 가거라
온 강산이 한바탕 큰 울음 터뜨리게

전태일

한국의 피여, 전태일
평화시장에 와서 나는 너를 부른다.
밤 이슥토록 재봉틀 소리 들리고
가로등 불빛도 다 사위어 가는데
네 온몸을 태우던 그날처럼
아무데고 밝은 불꽃은 피어 있지 않다
지금도 타오르고 있는가 구천에서
한반도 구석구석에서 살아있는 팔백만
노동자의 가슴속에서 눈동자마다에서
꽃불로 뜨거운 분노로 타오르는가
날이 밝기도 전에 구로공단
투박한 손과 발들이 아침을 열고
날 저물어 새벽이 가까워져야
무거운 몸 이끌고 밤을 닫는
아아 이 땅의 머슴들이여
이 땅에 사는 쓰라림이여
오죽하랴 전태일, 지금도
타오르는 너의 슬픔은
끓어오르는 너의 분노는
여전히 부서지고 짓밟히는 형제들의
생존권 앞에서 당장이라도

터질 것만 같구나
반쪽짜리 달빛에 기대어
가발을 만들거나 밤새껏
봉제 인형을 매만지며 떨어진
팔다리를 꿰매는 여공들처럼
기나긴 목숨의 여미를 꿰매어 가는
이 땅의 모든 노동자들이
참다운 역사의 주인 되는 날은 언제인가
그날은 언제인가 청계천 모든 상가에
사북탄광 끝도 없이 깊은 무저갱에
기쁨으로 불을 밝힐 그날은
한국의 피여, 전태일
그리움 울컥울컥 치밀어 너 보고픈 날
평화시장에 와서 나는 너를 부른다
네 뜨거운 불꽃이 여기저기서
피어올라 착취의 검은 손들을
송두리째 녹여 버릴 그날을 꿈꾸며
온 산과 온 바다가 하나로 만나 춤추며
두만강과 영산강이 하나로 만나 큰 소리로
노래하며 굽이쳐 흐를 그날을 꿈꾸며
한국의 피여, 뜨거운 불꽃이여

평화시장에 와서 나는 너를 부른다
전태일, 이 땅의 큰 사랑이여

전태일君

불에 몸을 맡겨
지금 시퍼렇게 누워버린 청년은
결코 죽음으로
쫓겨간 것은 아니다

잿더미 위에
그는 하나로 죽어 있었지만
어두움의, 入口에, 깊고 깊은 파멸의
처음 쪽에, 그는 짐승처럼 그슬려 누워 있었지만
그의 입은 뭉개져서 말할 수 없었지만
그때 다른 곳에서는
단 한 사람의 자유의 짓밟힘도 세계를 아프게 만드는,
더 참을 수 없는 사람들의 뭉친 울림이
하나가 되어 벌판을 자꾸 흔들고만 있었다.

굳게 굳게 들려오는 큰 발자국 소리.
세계의 생각을 뭉쳐오는 소리,
사람들은 아무도 귀 기울이지 않았지만
아무도 아무도 지켜보지 않았지만

불에 몸을 맡겨

지금 시커멓게 누워있는 청년은
죽음을 보듬고도
결코 죽음으로 쫓겨간 것은 아니다.

전태일

불더미 속으로
잘 익은 살내음 속으로
그는 갔다 손을 흔들며
어금니를 깨물며 그는 갔다
환한 얼굴로

이젠 당신의 십자가
당신의 기름진 아랫배
편치 못하리라 어떤 모습으로든
그가 돌아온다
뜨거운 함성이 돌아온다

그의 잘 익은 근골 속으로
타는 눈물이 흐른다
기쁨이 흐른다
노동으로 단련된 구릿빛 내일이
사랑이 흐른다 일찍이 어디
이처럼 벅찬 그리움이 있었더냐
아픈 희망이 있었더냐

우리들 성긴 밥상 위로

보라, 그의 구수한 광대뼈가 돌아온다
떡으로 밥으로
다수운 고깃국이 돌아온다.
진수성찬이 돌아온다.

씻김굿

날마다 흔들어 헹구면서도
못다 헹군 죄 남아
저리 아름다운 월미도 일몰 앞에서도
죄를 씻는다.

그 해 오월!
유인물 한 장
복사해 돌리지 못하고
숨어서 시랍시고 극적거린 그 치욕.
1970년 11월 13일!
불꽃으로 산화한 전태일을 핑계삼아
시인이 된 그 부끄러움.

천지신명이시여!
이 영혼의 거멀못을
어찌 씻김하오리까?

전태일

달 없는 어둠 속을 검게 숨죽여 흐르는 강물, 별들은 모두 선잠 깬 듯 깜박거린다. 한사코 그늘에서 그늘로만 옮겨디디며 살아온 자의 생애가 오늘밤 급한 여울을 이루며 흘러내린다. 천 갈래 만 갈래 찢어지는 물살이 한 줄기 도도한 강물로 흐른다. 문득 물결을 타고 어룽더룽 두꺼비 한 마리 헤엄쳐 오른다. 무겁게 알 밴 몸이 물살을 따라 흐르다가 다시 자맥질하며 거슬러오른다. 마침내 기슭으로 기어올라 엉거주춤 뒷발에 한껏 힘을 주고 두리번거린다. 가슴을 벌럭이며 결연히, 어찌할 수 없는 천적 독사를 찾아나선다. 그리하여 드디어 온몸으로 잡아먹힌다. ……이제 며칠 후면 독사의 뱃가죽을 뚫고 수백 마리 새끼 두꺼비가 기어나오리라. 독사의 살을 먹으며 굼실굼실 자라리라.

사랑이여,

사랑이여 네가 왔다는데 눈보라처럼 혹은
먼지처럼 이 지상에 내렸다는데
와서 어디에 있는가
나의 가난한 방에 있는가
교회나 성당에 있는가
사랑이여 네가 있다면
물은 왜 더러워지며
공기는 왜 희박해지는가
어디엔가 있긴 있을 것인데
소설이나 시속에 있는가
어린이의 눈 속에 있는가
네가 있다면 사랑이여
사람들은 너 때문에 죽어야 하리
너 때문에 살아야 하리
남자는 여자를 사기 위해
여자는 남자를 사기 위해 태어난다
소녀는 벌써 낙태를 경험하고
여아의 탄생은 저지당하는
이 지상에서 사랑이여
네가 있다면
탄생의 조건은 없어야 하리

목숨을 구걸하고 거래하는 일도
없어야 하리
또 없어야 하리
친구들과의 사귐을 젖혀두고
내가 이렇게 시를 쓰는 일도
이 황홀한 햇살을 거절하고
처박혀 상상에 골몰하는 일도
없어야 하리
사랑이여 너는 가난하고 소박한 삶에서
도망쳐 나와
그 찬란하고 화려한 사치향락 속에 숨었느냐
영화 속에나 혹은 연속극 속에서
길을 잃고 헤매는가
사랑이여 너는 어디에 있느냐
죽었느냐 살았느냐
오늘도 많은 아버지와 어머니들이
교회나 성당 불당에 나가
십자가 앞에서 석가의 앞에서
아들 딸들의 합격과 출세 성공을 기도한다
나는 노동자다 나는 보았다
일요일날 성당이나 교회에 나가지 못하고

내 옆에서 묵묵히 노동을 하는 예수를
그는 말했다 너무나 많은 사람들이 교회에 나와
자기에게 주문서를 놓고 간다고
그 많은 것들을 해 주기 위해
일요일에도 일해야 한다고 했다
소녀들은 많은 것을 가지기 위해 몸을 판다
아버지들은 스트레스를 풀려고
딸들과 매음을 하고 있다

가난하다는 것
고독하다는 것
이것이 축복이며 아름다움이라는 것을
사랑이며 행복이라는 사실을
전태일은 우리에게 가르치고 있다
그는, 타락으로 치닫는
지구라는 푸른 별에 비치는
하나의 성좌다.

미완성의 소설로부터 받는 유임 승차권

맹문재(문학평론가)

1

전태일은 생전에 3편의 소설 초안을 일기장에 남겼다.

소설 초안의 첫 번째 것은 「가시밭길」이라는 제목을 달고 있다. 이는 1969년 11월에 쓴 것으로 같은 해에 겪은 일들에 깊이 절망하면서 그 경험과 고민을 쓴 것이다. 1969년 6월 전태일은 평화시장의 재단사들을 중심으로 '바보회'라는 친목회를 만들어 근로기준법을 공부하고 근로조건 개선 운동을 시작한다. 그러나 전태일은 업주들로부터 위험분자로 낙인 찍혀 해고당하고 만다. 근로기준법이 무엇이니 근로조건이 어떠니 하며 노동자들을 선동하고 다닌다고 업주들은 전태일을 위험하게, 아니 건방지다고 여긴 것이다. 그런데 이 해고는 다른 경우와 달랐다. 그전 같으면 다른 직장으로 옮기면 되었지만, 업주들 사이에 위험분자라는 연락이 되어 있었기 때문에 일자리를 구할 수 없었던 것이다. 그리하여 전태일은 해고된 이후 몇 달 동안 일자리를 갖지 못하고 실업자 생활을 한다. 전태일은 그 어려운 상황 속에서도 노동운동을 굽히지 않고 어느 바지집에서 닷새 동안 일을 해주고 받은 임금으로 노동실태 조사용 설문지를 만들어 평화시장 노동자들에게 돌린다. 그러나 그것도 업주들에게 발각되는 바람에 30여 매 정도만 걷을 수 있었다. 전태일은 그 일로 인하여 더욱 평화시장 일대에서 발을 못 붙이게 되었는데, 더 깊은 좌절은 다음의 일들에서였다.

전태일은 모은 설문지를 분석, 집계해서 시청 근로감독관을 찾아갔다. 근로감독관이란 각 회사에서 근로기준법이 제대로 준수되고 있는지를 감독하고, 위반했을 때에는 그에 맞는 조치를 하는 기관으로 전태일은 알고 있었다. 즉 근로자를 보호하기 위해 설치된 것으로 믿고 있었던 것이다. 따라서 자신이 찾아가면 시정조치를 해줄 것으로 기대했다. 그러나 기대했던 것과는 달리 근로감독관은 귀찮다는 표정으로 제대로 사정을 듣지도 않고 오히려 내쫓는 것이었다. 전태일은 그 근로감독관의 태도를 이해할 수 없어 다시 노동청으로 찾아갔다. 그러나 노동청의 태도는 근로감독관의 경우와 다르지 않았다. 전태일은 그 순간, 노동자인 자신이 의지할 수 있는 데가 어느 한 곳도 없다는 사실에 충격을 받았다. 그리고 절망했다. 그리하여 이전까지는 기업주들하고 싸웠는데 이제는 근로감독관, 노동청 등과 같은 계급과도 싸워야 한다는 사실을 알았다. 그러나 그 싸워야 할 대상과 필요성을 알았으면서도 실행하기가 현실적으로 불가능하다는 사실 또한 알게 되었다. 전태일은 더욱 절망하고 좌절했다. 「가시밭길」은 그 전태일이 실직자로서의 불안, 가족들 생계의 어려움과 죄책감, 이끌기 힘든 바보회, 넘을 수 없는 거대한 사회의 벽 등에 대해 좌절하면서 쓴 것이다.

「가시밭길」의 주인공은 법학도 김준오인데, 그는 법 자체의 모순을 시정하지 못하자 시정되기를 기도하며 자살한다. 그의 유족은 아무도 없으며 책상 위엔 소녀의 초상화가 하나 있을 뿐이다. 그 소녀는 김준오가 값으로 매길 수 없는 보배와 같은 동생이자 애인이다. 김준오는 사랑하는 그 소녀에게 "이 인간 준오를 정희 너의 마음에서 밀어내지 말아줘. 최초의 부탁이면서 최후의 부탁이다"라고 편지에 썼다. 자살과 최후의 부탁 같은 말에서 어떤 비장함을 느낀다. 전태일은 자신의 자화상을 이때부터 그리고 있었던 것 같다.

소설 초안의 두 번째 것은 「어쩔 수 없는 막다른 길에서」라는 제목이다. 이 소설 초안은 1970년 초에 쓴 것으로 보이는데, 앞부분에는 소설 쓰는 방법에 대한 이론이 적혀 있고 뒷부분에는 소설의 내용이 구상되어 있다. 소설 쓰는 방법에는 1) 인물, 사건, 배경에 대한 정의 2) 발단, 전개, 절정, 종결 등 소설 구성의 진행 형식 3) 장편소설과 단편소설의 특질 4) 소설 감상과 독해 요령 5) 소설의 성격 등이 정리되어 있는데, 소설 개론서를 읽고 요약한 것으로 보인다. 전태일이 본격적으로 소설을 쓰려고 했던 것으로 보이는 면이다.

소설의 내용은 주인공이 옛 동창들을 고향의 한자리에 초대해놓고 자신을 과대평가하며 시작한다. 그런데 그 목적은 역설적으로 자신이 죽기 위해서이다. 즉 죽기 전에 순간적으로나마 자기 도취에 취하고 싶기 때문이고 또 자신을 과대평가해 그것이 탄로날까봐 죽은 것처럼 꾸미려고 하는 것이다. 주인공은 왜 죽음을 택하고 있는 것일까? 그것은 모든 수단을 다 동원해도 자신의 목적을 이룰 수 없기에 어쩔 수 없이 택한 것이다.

배경이 바뀌어, 그 주인공은 유서를 간직한 채 추위에 시달리고 망각상태로 거리를 방황한다. 그런데 주인공을 사랑하는 숙이 있고, 그 숙을 남모르게 좋아하던 B가 있다. B는 숙을 차지하기 위해 주인공이 저지른 것처럼 일을 꾸미고 사장을 살해한다. 그리하여 숙은 물론이고 주인공과 함께 하는 바보회 회원들이 진정서를 냈음에도 불구하고 주인공은 사형을 구형 받는다. 숙은 B가 범인인 것을 직감하고 비밀

을 캐기 위해 동거생활까지 한다. 그리하여 끝내 진범을 밝
힌다. 소설의 뒷부분이 다소 추리적인 흥미에 빠진 면이 있
으나, 자신의 목숨을 끊을 수밖에 없는 주인공을 통해 닫힌
사회현실을 말하고 있다. 첫 번째의 소설에 비해 보다 사회
적인 의식을 담고 있다고 볼 수 있다.

소설 초안의 세 번째 것은 「기성세대의 경제 관념에 반항
하는 청년의 몸부림」이라는 제목이다. 이 작품은 1970년 4
월경에 쓴 것으로 앞부분은 자신이 해온 노동운동의 과정을
정리한 것이고, 뒷부분은 죽음을 건 노동운동의 투쟁을 비장
하게 결심하고 있다.

J주인공은 23세의 청년으로 제품업에 종사하는 재단사이
다. B는 피복공장 미싱사로서 주인공의 사고에 큰 영향을
끼친 20세의 나약한 소녀. J주인공은 B의 참상을 보고 충격
을 받는다. 그런데 J주인공은 과로와 직업병으로 직장을 못
다니게 된다. 그러면서도 친구 재단사들과 함께 바보회를 조
직한다. 노동의 실태에 대한 설문조사를 하는데 기업주들이
방해한다. 시청 근로감독관에 찾아가나 무성의한 태도를 보
여 J주인공은 실망과 울분을 토한다. J주인공은 바보회를 창
립하고도 노동문제를 해결하지 못한 것에 대한 책임감으로
애절하게 몸부림친다. 마침내 J주인공은 죽음을 결심하고 대
구에 있는 친구들이 기다리는 날 유서 한 장을 보낸다. 유서
의 내용은 다음과 같다.

사랑하는 친우여, 받아 읽어주게.

친우여 나를 아는 모든 나여.

나를 모르는 모든 나여.

부탁이 있네. 나를, 지금 이 순간의 나를 영원히 잊지 말아주게.

그리고 바라네. 그대들 소중한 추억의 서재에 간직하여주게.

뇌성번개가 이 작은 육신을 태우고 꺾어버린다 해도, 하늘이 나에게만 꺼져 내려온다 해도 그대 소중한 추억에 간직된 나는 조금도 두렵지 않을 걸세. 그리고 만약 또 두려움이 남는다면 나는 나를 아주 영원히 버릴 걸세. 그대들이 아는 그대 영역의 일부인 나. 그대들의 앉은 좌석에 보이지 않게 참석해서 미안하네. 용서하게.

테이블 중간에 나의 좌석을 마련하여 주게. 원섭이와 재철이 중간이면 더욱 좋겠네.

좌석을 마련했으면 내 말을 들어주게. 그대들이 아는 그대들의 전체의 일부인 나. 힘에 겨워 힘에 겨워 굴리다 다 못 굴린, 그리고 또 굴러야 할 덩이를 나의 나인 그대들에게 맡긴 채 잠시 다니려 간다네. 잠시 쉬러 간다네.

어쩌면 반지의 무게와 총칼의 질타에 구애되지 않을지도 모르는, 않기를 바라는 이 순간 이후의 세계에서 내 생애 못 다 굴린 덩이를, 덩이를 목적지까지 굴리려 하네. 이 순간 이후의 세계에서 또다시 추방당한다 하더라도.

굴리는데. 굴리는데 도울 수만 있다면, 이룰 수만 있다면.

이상이 전태일이 쓴 세 편의 소설 초안이다. 미완성이라고 보기도 어려운 수준이 사실인데, 만약 전태일이 이 소설들은 완성했다면 어떠했을까? 아마도 성공하지 못했을 것이다. 그것은 그가 제대로 학교교육을 받지 못한데다가 전문적인 글쓰기 공부를 하지 못했고, 소설을 쓸만한 경제적 여유와 시간적 조건을 갖추지 못했기 때문이다. 그러나 그보다도 그 스스로 자신감을 갖지 못했기 때문이다. 즉 소설에서 추구하는 선악의 대결로 자신이 승리하는 쪽으로 그릴 수 있었지만 그것의 진정성에 자신이 없었던 것이다. 설령 자신의 죽음을 통해서 즉 외면적으로는 패하지만 역설적으로는 승리하는 더 복잡한 구성으로 썼다고 할지라도 마찬가지였을 것이다.

그리하여 전태일은 소설쓰기를 포기한다. 그 대신 소설에서 추구하고자 했던 가치를 실천행동으로 추구한다. 소설 속에서는 이길 수 있으나 현실적으로는 이길 수 없는 사실을 정직하게 인정하고 진정한 승리를 위해 실천해 나가는 것이다. 그것은 소설의 구성보다도 훨씬 복잡하고 지난한 일이다. 그리하여 전태일은 끊임없이 좌절하고 절망하고 방황한다. 그러면서도 희망한다. 그의 세 편의 소설 초안은 그 복잡한 희망의 반영물이다. 포기해야 되지만 포기할 수 없는 희망을 안고 뒹군 것이다. 그 결과 그의 세 번째 소설의 초안은 뒷날(1970년 8월 9일)의 일기에 거대한 결단으로 재현된다. 자신이 추구하는 목표로 한층 더 다가서고 있는 것이다.

이 결단을 두고 얼마나 오랜 시간을 망설이고 괴로워했던가? 지금 이 시각 완전에 가까운 결단을 내렸다.
나는 꼭 돌아가야 한다.
꼭 돌아가야 한다.

불쌍한 내 형제의 곁으로, 내 마음의 고향으로, 내 이상(理想)의 전부인 평화시장의 어린 동심 곁으로, 생(生)을 두고 맹세한 내가, 그 많은 시간과 공상 속에서, 내가 돌보지 않으면 아니 될 나약한 생명체들.

나를 버리고, 나를 죽이고 가마. 조금만 참고 견디어라. 너희들의 곁을 떠나지 않기 위하여 나를 다 바치마. 너희들은 내 마음의 고향이로다.

우리가 전태일의 소설 초안에서 배워야 할 점은 이 진정성이다. 그는 작품을 완성시키지 못했지만 자신이 추구하고자 했던 것에 정직함과 진정성을 보여주었다. 그 진정성은 완성된 소설 못지 않게 1970년 이후 한국의 노동운동을 이끌어온 가장 큰 빛이 되었다. 노동의 장(場)에 몸담고 있는 누구나 인정하는 그의 정신은 여전히 등불인 것이다.

2

육십 넘은 어머니는
주야 넘은 어머니는
주야 맞교대 섬유공장에 다니신다
하루도 손에 약을 놓지 못하시는
어머니가 나는 늘 걱정이다

서른 넘은 나는
주야 브레이크 공장에 다닌다

잔업, 특근을 해도 백만 원이 되지 않는 월급으로
네 가족이 먹고살기에 언제나 허기져
그런 나를 어머니는 안쓰러워하신다

어머니는 불법적인 이교대가 없어지고
머지 않아 삼교대가 이루어질 것이라는
소문에, 적어질 월급 걱정이고
나는 주 사십 시간 쟁취를 포함한
오월 총파업에
부끄럼 없이 싸울 수 있을까 걱정이다

내겐 언제나 눈물 같은
어머니를 위해 투사의 길을 가고자 했고
어머니는 그 눈물로써 나를 말리셨다
공장에 다니는 어머니와 나는 아무 것도
일치되는 게 없다
가끔씩, 손주들과 함께 한 저녁 밥상에서
젖은 눈으로 밥알을 씹으며
서로를 위로할 뿐이다.

— 오원박, 「슬픈 밥상」 전문

　　작품에서 "어머니"는 예순이 넘었는데도 주야 맞교대로
섬유공장에 다닌다. 어머니는 하루도 약을 놓을 수 없을 정
도로 연약한 몸이지만 주야 브레이크 공장에 다니는 아들을
위해 다닌다. 잔업과 특근을 해도 백만 원이 되지 않는 아들
의 월급으로 네 가족이 살아가기에는 힘들기 때문에 살림을

보태기 위해 다니는 것이다. "나"는 그러한 어머니를 걱정하지만, 어머니는 그 걱정에 비할 수 없을 정도로 아들을 걱정한다. 이 때문에 어머니와 아들은 대립하고 갈등한다.

아들은 어머니보다 교육을 더 받았고 정보를 더 가지고 있고 사회에 대한 관심이 더 많다. 그리하여 아들은 "오월 총파업에/ 부끄럼 없이 싸울 수 있을까" 하고 걱정한다. 그에 비해 아들을 안쓰러워하는 어머니는 "눈물로써 나를 말"린다. 따라서 어머니와 아들은 공장에 다닌다는 사실은 같지만 노동을 대하는 태도에 있어서는 "일치되는 게 없다." 이러한 모자간의 대립은 기존의 문학에서 익히 보아온 것이지만 마르지 않는 샘물처럼 반복되고 있다. 조세희의 『난장이가 쏘아 올린 작은 공』에 들어 있는 「클라인氏의 瓶」이 그 단적인 예다. 노동운동을 하는 큰아들 "영수"에 대한 어머니는 "너에게 무슨 일이 생기면 우리는 끝장야."/ (중략) / "내 말을 들어야 돼. 공장에서 시키는 일만 해."라고 아들과 대립하고 있는 것이다. 막심 고리끼의 『어머니』도 마찬가지이다. 어머니 닐로브나는 조선소에 다니는 아들 빠벨이 노동자들의 생활에 대한 진실을 밝혀주고 있는 금지된 책을 읽으며 노동자들을 가르치겠다는 말을 하자, "얘야 네가 어떻게 그런 일을 한다는 거냐? 가만 둘 것 같으냐? 죽을 짓이야."라고 부정적으로 생각하고 있는 것이다. 모두 아들을 사랑하기 때문에 아들에 반대한다. 아들의 행동이 의롭다는 것을 알면서도 그것이 실현되기 어렵다는 것을 알고 있기 때문에 반대하는 것이다. 그러나 그 연약한 어머니도 아들의 행동이 진정으로 의미 있는 것임을 깨달았을 때, 그 어떤 혁명가보다도 정열적으로 동참한다. 실현 가능성을 문제삼지 않고 아들의 길에 투신하는 것이다.

전태일의 어머니 이소선 여사도 그렇다.

1969년 전태일은 '바보회' 조직 관련으로 해고된다. 그런데 노동자들을 선동하고 다닌다고 업주들로부터 낙인 찍혀 재취업을 할 수 없는 어려운 처지가 됨은 이미 앞에서 보았다. 어느 날 전태일은 어깨를 축 늘어뜨리고 밤늦게 집으로 들어와 풀죽은 목소리로 말했다.

"엄마, 난 이제 큰일 났어요. 소문이 쫙 퍼져서 이제 평화시장에서는 도저히 발을 못 붙이겠어요."

"그것 봐라. 네가 마음 잘못 먹어 사서 고생하는 것이니 누구 탓할 거 하나 없다. 우리 가족들만 고생이니 이제 좀 그만둘 수 없나."

—『어느 청년 노동자의 삶과 죽음』(돌베개, 1983, 138쪽)에서

전태일의 어머니는 조세희의 『난장이가 쏘아 올린 작은 공』에 나오는 어머니나 막심 고리끼의 『어머니』에 나오는 닐로브나와 같다. 아들을 사랑하기 때문에 아들의 행동에 반대하는 것이다. 그러나 전태일의 어머니는 아들의 행동에서

진정한 의미를 깨닫는 순간, 혁명가처럼 아들의 길로 뛰어든다. 아들의 분신 직후 관계자들로부터 사건 무마를 위해 거액의 합의금을 제의 받지만 거부하고 아들의 유언을 지키려고 노동운동에 뛰어들어 진정한 어머니가 된 것이다.

오원박이 작품의 끝부분을 "젖은 눈으로 밥알을 씹으며/서로를 위로할 뿐이다"라고 맺고 있는 것은 그 가능성을 열어 놓음이다. "위로할 뿐"에서 '~뿐'이라는 의존명사가 '다만 어떠하거나 어찌할 따름'이라는 것으로 '위로'의 의미를 한정하는 것이 아니라 오히려 '위로'에서 그치지 않음을 열어 놓고 있는 것이다. 자식을 "늘 걱정"하는 어머니의 사랑은 "투사의 길을 가고자" 하는 자식의 길을 끝내 막지 않을 것이다. 따라서 문제는 어머니의 반대가 아니라 자신이 그 길을 진정성을 갖고 갈 수 있느냐인 것이다. 오원박의 작품은 그 고민의 모습을 구체적이고도 솔직하게 보이고 있다. 옳은 길이 무엇인지를 총체적인 조망 속에서 인식시키고 있는 것이다.

이 시대의 아들들이 길의 선택을 고민해야 하는 이유는 무엇인가? 그것은 불합리하게 생존조건을 위협받고 있기 때문이다. 생존조건이란 그 무엇보다도 일자리이다. 따라서 일자리를 되찾고자 하는 아들들의 희망은 당연한 권리이고 의무이다.

소주 한 잔 마음놓고 마실 수 없는
지친 그림자들
작업장으로 가는 길을 잃어버렸다네
　　　　　　—박영희, 「그해 3월, 그리고 구조조정」에서

시뻘건 구조조정이 노동자들을 내몰지 말고
쫓겨난 사람 일터로 돌려보냈으면

젊음을 고스란히 작업장에 바친 사람들이
정리해고를 유산으로 물려받지 않았으면
　　　　　　—이만호, 「새해 소망」에서

　　1997년, 정부의 특혜와 비호를 통해 기형적인 확장을 추
구해오던 기업들이 부실경영으로 하나둘씩 쓰러지기 시작했
다. 그리고 마침내 국가가 부도 위기에 몰렸다고 하소연하며
정부는 IMF에 손을 내밀었다. 선진조국이 되었다는 정부의
노래를 믿고 묵묵히 일해오던 착한 노동자들은 국가가 부도
위기에 처했다는 사실을 믿을 수 없었다. 그리하여 설마 그
럴 리가 있겠느냐, 곧 해결되지 않겠느냐, 라고 대수롭지 않
게 여겼다. 그러나 그것은 IMF가 어떤 기구인지를 잘 알지
못할 정도로 세상을 보는 눈이 어두웠을 뿐이다. 또 정부를
그저 믿을 정도로 착할 뿐이었다. 얼마 있지 않아 노동자들
은 "소주 한 잔 마음놓고 마실 수 없는/ 지친 그림자들/ 작
업장으로 가는 길을 잃어버"리게 된 것이다. 노동자들은

IMF 상황에 어떻게 해볼 수가 없었다. 지식도 없고 정보도 없고 경험도 없는 데다가 일자리로부터 쫓겨나지 않는 것에 온 신경을 써야 되었기에 원인을 제대로 파악할 수도 대응안을 마련할 수도 없었던 것이다. 그리하여 노동자들은 믿지 못하면서도 어쩔 수 없이, 그것이 나라를 살리는 길이라고 그저 믿고, 정부의 정책에 따랐다. 그저 "시뻘건 구조조정이 노동자들을 내몰지 말고/ 쫓겨난 사람 일터로 돌려보냈으면 // 젊음을 고스란히 작업장에 바친 사람들이/ 정리해고를 유산으로 물려받지 않았으면" 하는 바람만을 가지고 복종한 것이다. 그 결과 대외 신인도 제고를 내걸고 시행한 정부의 구조조정 정책에 수많은 노동자들이 자신의 청춘과 희망을 불살라온 직장을 내놓고 길거리로 쫓겨났다. 다행스럽게 일자리를 지킨 노동자들도 임금이 깎이고 노동의 강도가 높아지고 근무조건과 복지가 뒤떨어지고 또 비정규직으로 전락했다. 모두들 고통과 시련을 착한 눈물을 흘리며 감수했다.

노동시에도 마찬가지였다. 현장 노동자로서 뿌리를 가지고 자신의 삶을 열심히 시로 써왔지만, 자신의 시가 변한 상황에 설득력이 없음을 알았다. 그렇지만 시인들 역시 노동자였기에 지식과 정보와 경험이 부족해 그 상황을 넓은 시각에서 고찰하고 대응하기가 사실상 어려웠다. 그들이 귀기울이고자 하는 인텔리 시인이나 연구자, 평론가, 저널리스트 등의 지식인들도 제대로 출구를 보여주지 못했다. 오히려 그들은(사르트르의 개념을 빌리자면 지식인이 아니라 지배계급의 옹호자인 지식 전문가이다) 변화된 상황에 고집부리는 것이 시장성에 있어서 불리하다고 판단하고 등을 돌렸다. 동구 사회주의가 무너졌으니, 국내의 정치 상황이 변했으니, 환경문제가 중요한 시대적 이슈니, 여성에 대한 성차별을 극복해야 하니, 등을 근거로 노동시를 포기할 것을 종용한 것이다. 그들이 그러한 말을 할 때마다 항상 새로운 상품거리를 찾는 저널들은 뉴스로 특필하고, 그 이익을 확인한 그들은 입장을 더욱 공고히 했다. 결국 그들의 전향(轉向)이 아닌 변절(變節)로 문학적 이론을 제대로 갖고 있지 못하고, 발표지면 등의 매체를 갖지 못하고, 저널의 평가에 있어서 상대적으로 불리한 노동시는 급격히 무너지게 된 것이다. 이는 마치 전태일이 평화시장 노동자들의 근로조건을 개선하기 위해 행정관청과 언론에 진정서를 냈지만 철저히 외면당한 것과 같은 상황이다.(설령 1970년 10월 7일 『경향신문』이 평화시장의 참상에 관한 보도를 실었다고 하지만 그것은 예외적인 것이었고 또 문제 해결에 도움이 못 되었다.) 그러나 전태일은 그 상황에 굴복하지 않고 많은 좌절과 고통을 느끼면서도 모순된 현실을 차츰 부수고 나갔던 것이다.

따라서 현재의 노동시가 취할 자세는 분명하다. 약삭빠른 지식인들의 말에 휘둘리지 말고 주체적으로 하나씩 쌓아 가는 것이다. 그들로부터 평가를 좀 받았다고 자신의 시적 성취가 이루어진 것처럼 착각하지도 말고, 그들의 구미에 맞지 않아 외면 당하는 것에 자신의 시 쓰기를 학대할 필요는 없다. 그 대신 이전보다 더 열심히 공부하고 조직을 만들고 연대해야 하는 것이다. 그러므로 사회에 대한 관심을 확장하는 데에도 적극성을 띠어야 한다. 자신의 집안과 작업장을 넘어 시장과 지하도와 공원과 버스 정류장과 포장마차와 은행과 병원과 호프집에서 일어나는 상황에 대해서 관심을 가져야 하는 것이다. 그것이 결국 노동시를 튼튼히 하는 인식의 확장이고 구체성의 획득이다. "회현역 지하도를 지"나다가 "젊은 아비 품에서 잠든 아이와 콘크리트 바닥만큼 차가울 머리맡의 우유 한 곽// 나는 까닭 없이 목이 메"(손상열, 「순례자는 어디에 오고 있는가」)이는 인식이 필요한 것이다.

3

아주 뒤늦었지만, 국제통화기금(IMF)에 대해서 생각해보자. 1973년 제1차 석유파동과 1979~1980년의 제2차 석유파동은 호황을 누리던 선진국 경제에 큰 타격을 주었다. 그리하여 선진국에서는 국민 경제의 부흥과 국제 경쟁력의 강화라는 명분으로 신자유주의적(신보수주의적) 정부가 대두한다. 1979년부터 1997년까지 정권을 잡은 영국의 보수당과 1981년부터 1992년까지 정권을 잡은 미국의 공화당 정부가 그러한 것이다. 신자유주의적 정부는 자본의 해외 이동에 관한 규제를 철폐하여 국내 자본의 해외 투자를 촉진시켰고, 상대 국가들에게 자국 자본의 대외 진출이 유리하도록 무역이나 외환 분야의 규제를 풀기를 강요하였다. 그 결과 GATT · IMF 등의 국제기구를 통하여 세계적 차원의 협상으로 우루과이라운드의 타결을 이끌었고, WTO를 설립한 것이다. 이러한 신자유주의적 자본이 우리나라에도 흘러들기 시작했다.

우리의 경우 기술수준이 낮고 원자재가 부족한 상태에서 수출 주도형 공업화를 추진해왔기 때문에 외국에 대한 의존도가 매우 높았다. 그리하여 자본, 원자재, 설비 등을 수입해 수출을 추진해왔지만 경상수지 면에서 흑자보다도 적자를 내기가 쉬웠다. 이를 메우기 위해 외국으로부터 많은 장단기 자금을 차입해 들여와 그 결과 외채가 크게 증가하였다. 물론 1980년대 후반(1986~1990)에는 원화절상으로 경상수지가 흑자를 낸 적도 있었지만, 그것은 단기적인 현상이었다. 그런데도 대기업들은 장기적인 안목 없이 대규모 투자와 중복 투자를 해(정부는 해외여행 완화 및 외제품의 수입 확대를 허용해 소비생활을 부추겼다) 결국 국가의 수익성이 크게 악화되었다. 기업들은 가격을 보다 낮추어 수출을 시도하려고 했지만 미국 등은 덤핑 판정을 내리며 수입품을 규제하였다. 더욱이 중국 등 후발 수출국들의 값싼 제품이 세계시장에 등장함으로써 수출 여건이 보다 악화되었다. 그리하여 수출의존도가 높은 우리의 경제는 치명적인 타격을 받고 도산하기에 이르렀고, 마침내 외환 부족을 해결하지 못해 1997년 11월 21일 IMF에 구제금융 지원을 요청한 것이다.

IMF는 구제금융을 제공하는 대신 여러 조건을 요구했는데,[1] 그 결과 금융시장과 자본시장은 완전 개방되었다. 이는 결국 세계 자본의 유리한 투자처를 우리가 마련해준 것이다. 금융시장과 자본시장의 완전한 개방은 우리 경제의 성장보다도 세계 자본의 투자 이익을 증진시키기 쉽다. 자본의 토대가 약한 국내 기업들은 도산이 불가피하고 실업의 증가를 당연히 겪는다. 이렇듯 우리 사회는 무한한 자기 증식욕을

---

1) 그 내용은 다음과 같다(김수행, 『21세기 정치경제학』, 새날, 1998, 251~252쪽).

①긴축통화정책을 실시하여 시장금리를 상승시킨다. ②부실한 기업과 금융기관은 도산시킨다. ③모든 은행은 건전성을 유지하기 위해 BIS 자기자본 비율(자기자본/총위험자산)을 8%이상 유지한다. ④무역 관련 보조금과 수입 다변화제도를 폐지한다. ⑤외국인 주식투자 한도는 1997년 말까지 현재의 6%에서 50%로 확대하고, 외국 은행이 국내 은행의 주식을 4% 초과하여 매입하는 것을 허용하며, 외국인의 국내 단기 금융상품 매입을 무제한 허용하고, 국내 회사채 시장에 대한 외국인 투자를 제한 없이 허용한다. ⑥재벌의 경영은 투명성을 확보해야 하고 계열사들 사이에 상호 채무보증을 해소해야 한다. ⑦기업의 적대적 인수와 합병을 허용한다. ⑧노동시장의 유연성을 증대시키기 위해 정리해고제와 근로자 파견제를 도입하고, 실업자를 구제하기 위해 고용보험제도를 강화한다. ⑨IMF자금은 3개월 단위로 지원 조건 이행을 점검한 뒤 단계적으로 추가 지원한다.

가지고 있는 세계 자본의 본격적인 활동으로 많은 고통을 겪고 있는 것이다.

그러나 IMF체제는 모든 사람들에게 고통을 안겨준 것이 아니었다. 그 동안 돈을 챙겨 놓은 소수의 세력들은 은행의 고금리와 주식투자로 인해 이전보다 훨씬 많은 이익을, 그것도 편안하게, 챙길 수 있었다. 그들은 바로 초국적 자본의 정책에 유리한 조건에 있었기 때문에 다수의 국민들이 엄청난 고통을 겪는 동안에 오히려 부를 늘릴 수 있었던 것이다. 초국적 자본은 자신들의 이익을 위해 모든 시장을 개방시키고 재편시킨다. 그들은 무역과 투자를 가로막는 장벽을 제거하기 위해 투자협정을 맺고 자신들의 권리를 광범위하게 보호하고 나선다. 상품과 서비스가 자유롭게 거래될 수 있도록 노동시장의 유연화, 환경 및 노동 관련 규제의 폐지, 외국 자본의 차별화 폐지 등을 성취하는 것이다.

초국적 자본은 그것으로 자유로운 시장이 형성되어 자원이 효율적으로 배분되고 완전 고용이 이루어지며 후생사업이 증진한다고 주장한다. 그러나 그들의 선전대로 완전 고용과 자원의 적정한 배분은 이루어지지 않는다. 시장에서의 자유 경쟁은 자본의 논리에 부합되는 것으로 공정한 분배는 이루어질 수 없는 것이다. 자본의 이윤 논리에 의해 움직이는 시장경쟁은 자본가 계급이 무제한적으로 노동자 계급을 착취할 수 있는 자유를 보장하는 것 외에 아무 것도 아니다.

그들은 자유로운 자본의 이동과 무제한적인 이윤의 추구를
위한 제도적 장치를 국가로부터 보증 받은 것이다. 이 강화
된 자본의 세계에서 불리한 조건에 있는 노동자들은 밀려날
수밖에 없다. 생존의 위협을 받게 된 것이다. 따라서 이 세
계적 신자유주의에 대항해야 하는 것은 분명하다. 비시장적
가치를 중시하며 사회적 통제를 강화시켜야 하는 것이다.

<blockquote>

감자 썰다 검지에서 피 뚝 떨어진다
아리다

한시절 아리게 산 적 있었지
하얀 광목천에
검지를 갈라 노동해방을 쓰고
한번은 검지를 깊게 베어
원직복직을 외치며 혈서를 썼는데,

지금 그 검지에서
붉은피 뚝뚝 떨어진다
하염없이 피가 흐르고
도마를 타고 씽크대로 흘러가는데
옹이 박힌 손끝에서 꽃망울 터진다

나는 지금 무어라 쓰고 싶다
한번 꽃처럼 붉게 피어
가슴 깊은 상처를 다시 남기고 싶다

—조혜영, 「검지에 핀 꽃」 전문

</blockquote>

시인에게 있어 "한 시절 아리게 산 적"은 두말할 나위도 없이 "노동해방"을 추구한 날들이다. 그 날들에는 구체적으로 "원직복직을 외치며 혈서를" 쓴 날도 포함된다. 자신의 일자리를 되찾고자 한 그 눈물겨운 투쟁. 그런데 그 결과는 어떠했는가? 예상할 수 있는 일이지만, 아마 복직하지 못했을 것이다. 복직되었다고 할지라도 이전과 같은 대우를 받지 못할 것이다. 작업장의 분위기도 이전과 같지 않을 것이다. 신자유주의 정책이 실행되고 있는 상황에서 이것은 어쩔 수 없는 일이다. 시인이 혈서를 쓰는 대신 감자를 깎는 일상에 갇혀 있어야 하는 것이 그 상황을 상징하고 있다. 그런데 그 와중에 시인은 손을 벤다. 이것은 한편으로 안타까운 일이지만 다른 한편으로는 좋은 계기이다. 자신의 손끝에서 꽃망울이 터지는 것을 볼 수 있기 때문이다. 그리하여 시인은 "한 번 꽃처럼 붉게 피"기 위해 "가슴 깊은 상처를 다시 남기고 싶"어 하는 것이다.

자기 스스로에게 상처를 남기는 일은 비시장성의 추구이다. 그것은 신자유주의 시장에서 제값을 받을 수 없는 상품이다. 그러나 시인은 시장가치가 없지만 인간을 살릴 수 있는 길을 택한다. 과거의 지향을 시대가 변했다고 내팽개치지 않고 오히려 소중히 감싸안는 것이다. 이것이 바로 전태일 정신이다. 전태일이 자신의 직장을 잃고 빚까지 지면서 '바보회'를 조직하고, 평화시장 노동자들의 참상을 개선하기 위해 진정서를 들고 관청으로 뛰어다녔던 것은 자신을 상품화하기 위해서가 아니었다. 그것은 시장의 상품으로는 계산할 수 없는 무겁고도 무거운 인간의 진정한 희망을 실현하기 위한 것이었다.

시장의 상품 가치를 넘어서 인간의 가치를 추구하는 일은 참으로 힘들고 고독한 것이다. 시장의 가치로부터 벗어난다는 것은 이 자본주의 사회에서 낙오자나 소외자가 되는 것이기 때문이다. 전태일이 자신의 일기장에서 수없이 슬픔과 고독과 외로움을 토로한 것은 바로 그 힘든 과정을 보여주는 것이다. 그러나 그것이 "축복이며 아름다움이라는 것을/ 사랑이며 행복이라는 사실을/ 전태일은 우리에게 가르치고 있다."(최종천,「사랑이여」) 또 그 사랑을 품은 사람은 "지독한 외로움에 쩔쩔매도/ 거기 비켜서지 않으며/ 어느 결에 반짝이는 꽃눈을"(정지원,「사람이 꽃보다 아름다울 때」) 보는 것이다. 그러므로 전태일이 "나를 버리고, 나를 죽이고 가마."라고 최후의 결단을 내린 진정성은 무거운 것이다.

> 문득 물결을 타고 어룽더룽 두꺼비 한 마리 헤엄쳐 오른다. (중략) 가슴을 벌럭이며 결연히, 어찌할 수 없는 천적 독사를 찾아나선다. 그리하여 드디어 온몸으로 잡아먹힌다……　이제 며칠 후면 독사의 뱃가죽을 뚫고 수백 마리 새끼 두꺼비가 기어나오리라. 독사의 살을 먹으며 굼실굼실 자라리라.
>
> —최두석의 「전태일」에서

위의 작품은 두꺼비와 독사의 관계를 통해 전태일을 부활시키고 있다. 새끼를 낳기 위해 자신이 독사에 잡아먹히는 이 희생. 이것은 헛되이 목숨을 잃는 것이 아니라 주체적으로 자기를 죽이는 것이다. 자기를 죽이면서 새끼를 살리고 결국 자기를 살리는 것이다. 자신의 미래가 "독사의 살을 먹으며 굼실굼실 자라"는 것이다. 전태일의 숭고한 정신과 실천은 이 두꺼비의 희생과 다르지 않다.

이제 독사의 살을 먹으면서 태어난 새끼 두꺼비들이 해야 될 일은 분명하다. 그것은 너무도 자명한 일이기에 말할 수 없다. 그것을 말한다는 것은 너무도 지독하고 너무도 극단적이고 너무도 위험하다. 그것은 우리 스스로 너무도 잘 알고 있는 것이다. 이 시집에 탑승한 김기홍, 김미순, 김해자, 김해화, 박영근, 성희직, 송경동, 오철수, 이행자, 정기복, 정세훈, 조기조, 황규관, ……. 모두 컴퓨터가 급속히 확장되고 물질주의와 개인주의가 팽창하고 실업이 증가하고 자원이 고갈되고 환경 문제가 심각해지는 "역사의 기관차에 유임승차"(공광규, 「역사의 기관차에 유임승차하자」)할 것이다.

지역 노동자문학회 주소

광주노동자문학회

광주시 북구 임동 212-2 2층

☎ 062)526-3777

구로노동자문학회

서울 금천구 가산동 143-45 가리봉빌딩 3층

☎ 02)869-2583

마창노동자문학회

경남 창원시 반림동 반송아파트 106-502

☎ 017-552-0022

대구노동자문학회

대구시 북구 읍내동 1377-1

☎ 011-539-3996

부천노동자문학회

경기도 부천시 원미구 심곡동 483-5 진홍빌딩 3층 2호

☎ 032)651-7776

성남노동자문학회

경기 성남시 중원구 성남동 13-7 인성빌딩 402

☎ 031)755-2678

인천노동자문학회

인천시 동구 화수1동 287-6 5통 1반 은하수노래방 3층

☎ 017-203-5738

울산노동자글쓰기 모임

울산광역시 동구 동부동 201-59 2층

☎ 052)233-3982

일과시 동인

서울 노원구 중계동 578 현대아파트 115-502호

☎ 019-399-67744

참여 시인

1. 지역노동자문학회

광주노동자문학회

양기창, 정성진, 조보경, 조선미, 홍기영

구로노동자문학회

문선옥, 변순희, 손상열, 송경동, 이경숙, 이만호, 정창식, 조기조

대구노동자문학회

김강산, 신경현, 오동길, 오원박, 조선남, 황병목

부천노동자문학회

김영주, 남상규, 노현호, 노형진, 성은숙, 이기영, 임도빈

인천노동자문학회

김해자, 나덕춘, 박남인, 여명순, 조혜영, 하태성

울산노동자글쓰기 모임

기은미, 김기수, 김진수, 류은욱, 박현, 이상순, 이상윤

2. 함께 한 문인들

강세환

1956년 강원도 주문진 출생. 1988년 『창작과비평』으로 작품활동 시작. 시집 『월동추』, 『바닷가 사람들』 등이 있다.

고은

1933년 전북 군산 출생. 1958년 『현대문학』으로 등단. 1960년 첫시집 『피안감성』 간행 이후 『만인보』, 『백두산』 등 시, 소설, 수필, 평론 등 100여 권의 저서 간행함.

공광규

1960년 충남 청양 출생. 1986 『동서문학』을 통해 작품활동 시작. 시집으로 『대학일기』, 『지독한 불륜』이 있다.

김기홍

1957년 전남 순천 출생. 1984년 『실천문학』 5권에 작품발표 시작. 시집으로 『공친날』이 있다. 현 일과시 동인.

김준태

1949년 전남 해남 출생. 69년 『詩人』 지를 통해 작품활동 시작. 시집으로 『참깨를 털면서』, 『나는 하느님을 보았다』, 『국밥과 희망』, 『불이냐 꽃이냐』 등이 있다.

김해화

1957년 전남 승주 출생. 신인작품집 『시여 무기여』를 통해 작품활동 시작. 시집으로 『인부수첩』, 『우리들의 사랑가』, 『누워서 부르는 사랑노래』가 있다. 현 일과시 동인.

맹문재

1963년 충북 단양 출생. 시집 『먼 길을 움직인다』, 번역집 『포유동물』, 저서 『한국 노동시 문학사』, 『한국 현대 대표시선』(편저) 등이 있다.

문익환

1918년 북간도 출생. 목사로서 76년 이후 투옥과 수감을 되풀이하며 민주화 운동에 헌신함. 시집으로 『새삼스러운 하루』, 『꿈을 비는 마음』 등이 있고 옥중서간집으로 『꿈이 오는 새벽녘』 등이 있다.

박관서

1996년 『문학』 지로 작품활동 시작. 1997년 <윤상원문학상> 수상. 시집으로 『철도원 일기』가 있다.

박선욱

1960년 전남 나주 출생. 1982년 『실천문학』으로 작품활동 시작. 시집으로 『그때 이후』 등이 있다.

박영근

1958년 전북 부안 출생. 1981년 『反詩』 6집에 「수유리에서」 등을 발표함
으로 작품활동 시작. 시집으로 『취업공고판 앞에서』, 『대열』, 『김미순傳』,
『그 별은 눈뜨는가』가 있다. 1994년 12회 <신동엽창작기금> 수혜.

박영희

1962년 전남 무안 출생. 1985년 문학무크지 『民意』로 작품활동 시작. 시집
으로 『조카의 하늘』, 『해 드는 검은 땅』이 있으며 서간집으로 『영희가 서로
에게』가 있다.

성희직

1957년 경북 영천 출생. 1986년부터 5년간 탄광노동자로 일함. 이 기간 중
노동운동 관련 두 차례 해고당함. 1990년 12월 평민당사에서 단식농성 중
손가락을 자름. 1991년에 강원도의회의원에 당선되어 현재 3선 의원. 시집
으로 『광부의 하늘』 등이 있다.

손남숙

1964년 경남 창녕 출생. 현재 『일과시』 동인 활동. 현 일과시 동인.

오철수

1958년 인천 출생. 1986년 문학무크지 『民意』를 통해 작품활동 시작. 시집
으로 『아버지의 손』, 『먼길 가는 그대 꽃신은 신었는가』, 『아름다운 변명』
이 있으며 『시 쓰기 워크샵』 1~4 등이 있다.

유용주

1960년 전북 장수 출생. 1991년 『창작과비평』 가을호에 「목수」 외 2편을
발표하며 작품활동 시작. 1997년 제 15회 신동엽 창작기금 수혜. 시집으로
『가장 가벼운 짐』, 『크나큰 침묵』이 있다.

윤임수

충남 부여 출생. 1998년 『실천문학』 신인상 당선, 작품활동 시작.

이성부

1942년 전남 광주 출생. 62년 『현대문학』을 통해 작품활동 시작. 시집으로 『우
리들의 양식』, 『백제행』, 『전야』, 『빈산 뒤에 두고』, 『야간산행』 등이 있다.

이세기

1998년『실천문학』신인상 당선, 작품활동 시작.

이은봉

1954년 충남 공주 출생. 84년 17인신작시집『마침내 시인이여』를 통해 작품활동 시작. 시집으로『좋은 세상』등이 있다.

이행자

제3회 <전태일문학상> 수상. 산문집『시보다 아름다운 사람들』등 펴냄.

이한주

1965년 서울 출생. <윤상원문학상>, <임수경통일문학상> 수상. 시집으로『평화시장』이 있다. 현 일과시 동인.

정세훈

1955년 충남 홍성 출생. 1990년『창작과비평』여름호에「탓을 당하는 이 땅에도」등 5편을 발표하며 작품활동 시작. 시집으로『맑은 하늘을 보면』, 『저 별을 버리지 말아야지』,『그 옛날 별들이 생각났다』등이 있다.

정기복

1965년 충북 단양 출생. 1994년『실천문학』겨울호에「7번 국도」등을 발표하면서 작품활동 시작. 시집으로『어떤 청혼』이 있다.

정지원

1970년 서울 출생. 1991년 <오월문학상> 당선. 1993년『노둣돌』3호를 통해 작품활동 시작.

조진태

1959년 광주 광산 출생. 1985년 시무크지『민중시 1집』에「우리들이 살아가는 것은」외 4편을 발표하며 작품활동 시작. 시집으로『다시 새벽길』이 있다.

최두석

1955년 전남 담양 출생. 1980년『심상』에「김통정」을 발표 작품활동 시작. 시집으로『대꽃』,『임진강』,『성에꽃』,『사람들 사이에 꽃이 필 때』가 있다.

최종천

1954년 전남 장성 출생. 1986년 『세계의 문학』 작품활동 시작. 1988년 『현대 시학』.

황규관

1968년 전북 전주 출생. 1993년 <전태일문학상> 수상으로 작품활동 시작. 시집으로 『철산동 우체국』, 『물은 제 길을 간다』가 있다.

소련의 스딸린주의 체제가 한창 위세를 떨치던 1930년대. 혁명적 마르크스주의의 입장에서 통계수치와 신문기사 등 구체적인 자료를 바탕으로 소련 사회와 스딸린주의 정치 체제의 성격을 파헤치고 그 미래를 전망한 뜨로츠키의 대표적 정치분석서.

13. 들뢰즈의 철학사상

마이클 하트 지음 / 이성민 · 서창현 옮김

들뢰즈 철학사상의 발전을 분석한 철학개론서이자 현대 프랑스 철학과 포스트구조주의 사상을 이해하는 데 커다란 도움을 줄 수 있는 입문서.

14. 포스트모더니즘 이후의 정치와 문화

마이클 라이언 지음 / 나병철 · 이경훈 옮김

마르크스주의와 해체론의 연계문제를 다양한 현대사상의 문맥에서 보다 확장시키는 한편, 실제의 정치와 문화에 구체적으로 적용시키는 철학적 문화 분석서.

15. 디오니소스의 노동 · I

안토니오 네그리 · 마이클 하트 지음 / 이원영 옮김

'시간에 의한 사물들의 형성'이자 '살아있는 형식부여적 불'로서의 '디오니소스의 노동', 즉 '기쁨의 실천'을 서술한 책.

16. 디오니소스의 노동 · II

안토니오 네그리 · 마이클 하트 지음 / 이원영 옮김

이탈리아 아우토노미아운동의 지도적 이론가였으며 현재 파리 제8대학 교수로 『전미래』지를 주도하고 있는 안토니오 네그리와 그의 제자이자 가장 긴밀한 협력자이면서 듀크대학 교수인 마이클 하트가 공동집필한 정치철학서.

17. 이딸리아 자율주의 정치철학 · 1

쎄르지오 볼로냐 · 안또니오 네그리 외 지음 / 이원영 편역

이딸리아 아우또노미아 운동의 이론적 표현물 중의 하나인 자율주의 정치철학이 형성된 역사적 배경과 마르크스주의 전통 속에서 자율주의 철학의 독특성과 1980년대 이후 1990년대 중반에 이르기까지 그것이 거두어 온 발전적 성과를 집약한 책.

19. 사빠띠스따

해리 클리버 지음 / 이원영 · 서창현 옮김

미국의 대표적인 자율주의적 마르크스주의자이며 사빠띠스따 행동위원회의 활동적 일원인 해리 클리버 교수(미국 텍사스대학 정치경제학 교수)의 진지하면서도 읽기 쉬운 정치논문 모음집.

20. 신자유주의와 화폐의 정치

워너 본펠드 · 존 홀러웨이 편저 / 이원영 옮김

사회관계의 한 형식으로서의, 계급투쟁의 한 형식으로서의 화폐에 대한 탐구, 이 책 전체에 중심적인 것은, 화폐적 불안정성의 이면은 노동의 불복종적 권력이라는 것을 이해하는 것이다.

21. 정보시대의 노동전략 : 슘페터 추종자의 자본전략을 넘어서

이상락 지음

슘페터 추종자들의 자본주의 발전 전략을 정치적으로 해석함으로써 자본의 전략을 좀더 밀도있게 노동의 관점에서 분석하고 또 이로부터 자본주의 체제를 넘어서려는 새로운 노동 전략을 추출해 낸다.

22. 미래로 돌아가다

안또니오 네그리 · 펠릭스 가따리 지음 / 조정환 편역

1968년 이후 등장한 새로운 집단적 주체와 전복적 정치 그리고 연합의 새로운 노선을 제시한 철학 · 정치학입문서.

마이노리티시선 8

너는 나의 나다

초판인쇄 / 2000년 11월 2일
초판발행 / 2000년 11월 7일

지은이 / 전국노동자문학회 편집위원회
펴낸이 / 장민성
펴낸곳 / 도서출판 **갈무리**
등록번호 / 제17-161호
등록일자 / 1994. 3. 3.

서울 서초구 방배동 448-19호 1층
전화 / 02-598-4498 팩스 / 02-597-6846

web page http://galmuri.co.kr
e-mail galmuri@galmuri.co.kr

ISBN 89-86114-33-X 04810
89-86114-26-7 (세트)

★ 잘못 만들어진 책은 바꾸어 드립니다.